책을 짊어진 당나귀

히말라야를 걷다

임대배 지음

책을 짊어진 당나귀
히말라야를 걷다

아라크네

차 례

2장 천상의 화원, 랑탕 계곡

3장 풍요의 여신, 안나푸르나

여행은 연애처럼

"여행은 모름지기 연애처럼 유쾌한 것이라야 한다."

중2 때 국어 선생님께 들은 얘기다. 선생님은 그때 30대 초반의 패기 넘치는 분이셨다. 그분은 무슨 생각으로 까까머리 중학생들에게 그런 말씀을 하셨을까. 까닭이야 알 수 없지만 어린 마음에도 그건 왠지 멋있는 말 같았다.

여행이라는 건 그 자체로 우리에게 행복감을 주는 행위이다. 서울대학교 행복연구센터의 한 연구에 따르면 우리를 가장 행복하게 하는 활동에는 여행, 운동, 수다, 걷기, 먹기 등이 포함된다고 한다. 그런데 여행이라는 활동 속에는 이미 수다, 걷기, 먹기 등이 다 들어 있다. 여행은 행복감을 주는 행위의 종합 세트나 다름없다.

그러한 여행을 보다 유쾌한 경험으로 만들고자 하는 마음가짐은 나름대로 의미가 있다고 생각한다. 유쾌함 혹은 쾌활함이라는 것도 개인이 의식적으로 노력해서 얻을 수 있다고 믿는 까닭이다. 낯선 곳을 여행하다 보면 때로 불쾌한 상황을 만나기도 한다. 그때 우리가 그 상황을 바꿀 수는 없다. 하지만 그것을 최대한 가벼운 마음으로 받아들이는 건 전적으로 우리에게 달려 있는 일이다.

여행을 떠나는 데에 어떤 거창한 이유가 있어야 할 필요는 없다. 그러나 짐은 조금 덜 싸더라도 호기심과 열린 마음, 상냥한 태도와 미소, 관대함 혹은 너그러움 등의 마음 자세는 챙겨 갈 필요가 있다고 생각한다. 특히 모든 것을 즐겁게 받아들일 수 있는 마음의 자세를 빠트려서는 안 된다.

PD 초년병 시절, 국어 선생님께 들었던 얘기를 한 번 써먹을 기회가 있었다. 한 대학 강의에서였다. 내 딴에는 '어때? 정말 멋지지 않니?' 하는 생각으로 인용했던 건데, 그 말이 끝나자마자 한 여학생이 내게 질문을 했다.

"근데 교수님, 연애가 정말 유쾌한 것인가요?"

의외의 질문이었다. 아마 그 여학생은 그때 남자 친구와 갈등을 겪고 있었거나 막 헤어진 상태였는지도 모르겠다. 그 질문에 대해 내가 어떤 답변을 해 주었는지는 지금 기억에 없다. 다만 여행과 연애가 주는 공통적인 뉘앙스로 '설렘'의 감정을 얘기하지 않았나 싶다. 이를테면 여행에 대한 설렘은 내 짝으로 어떤 사람을 만나게 될까 하는 설렘이나 기대감과 맞닿아 있는 게 아닐까.

여행이 연애와 같은 것이라면 일상은 결혼과 같다. 연인들은 달콤한 꿈을 꾸지만 결혼한 사람들은 그 꿈에서 깨어나 현실을 직시해야 한다. 따라서 여행은 일상이 아니라는 점, 즉 '일상을 벗어남'에 큰 의미가 있는 것 같다. 그것은 또한 일시적인 경험이기 때문에 여행 중에는 평소 하지 않던 일도 시도해 볼 필요가 있다. 때로는 다소 들 뜬 상태에서 오직 즐거움만을 추구해도 괜찮을 것이다. 유쾌한 여행을 위해서라면 평소의 소비 원칙은 잠시 잊어도 좋을 듯하다. 지나치게 인색할 필요가 없다는 얘기다.

나는 특히 여행지에서의 팁은 아끼지 말자는 주의다. 아주 적은 돈으로도 기분이 좋아질 수 있기 때문이다. 10여 년 전까지만 해도 나는 호텔 벨보이에게 팁을 주는 게 무척이나 쑥스러웠다. 그리 무겁지도 않은 가방을 벨보이에게 맡긴 후 팁을 주는 게 왠지 거들먹거리는 행위 같아서였다. 그런데 언젠가부터 생각이 바뀌었다. 그 몇 푼 안 되는 돈이 그들에겐 적은 월급에 대한 벌충이 될지도 모르니까.

몇 년 전, 태국의 한 호텔에서 체크아웃을 할 때는 일부러 벨보이를 부르기도 했다. 가방도 비교적 가벼운 편이었고 아내도 굳이 그럴 필요가 있겠냐며 말렸지만. 그건 팁을 주기 위한 명분을 만들기 위해서였다. 우리 숙소는 별채였는데 프런트 데스크로부터는 약

200미터 정도 떨어진 곳에 있었다.

잠시 후 벨보이는 조그만 손수레를 이용해 짐을 옮겼고 우린 뒤에서 편히 걸었다. 그날 내가 유쾌했던 건 더운 나라에서 땀 흘리지 않고 걸을 수 있어서만은 아니었다. 그보다는 오히려 낯선 누군가에게 수고에 대한 답례로 약간의 팁을 줄 수 있었기 때문이다.

나는 랄리구라스Laliguras 붉게 피는 봄에 히말라야의 나라 네팔을 여행했다. 평소 친하게 지내는 김 선배의 제안에 따른 것이었다. 처음부터 흔쾌히 따라나선 여행은 아니었지만 나는 그때도 국어 선생님의 말씀을 떠올렸다. 여행은 연애와 같은 것, 네팔 여행 또한 유쾌한 것이라야 한다고.

가장 명백한 지혜의 징표는 항상 유쾌하게 지내는 것이다.

_몽테뉴, 『에세』

인천 공항에서 탑승 수속을 마치고 기다리는 동안 김 선배는 면세점에서 후배에게 줄 시계를 하나 샀다. 그때 작은 수첩이 볼펜과 함께 사은품으로 딸려 왔다. 김 선배는 수첩을 한 번 흘낏 보더니 날더러 가지라고 했다. 자기는 필요 없다면서. 나 역시도 수첩이 꼭 필요한 건 아니었다. 평소 메모는 주로 스마트폰을 활용하기 때문이다.

그런데 네팔 여행 중에는 이 수첩이 의외로 유용하게 쓰였다.

　나는 33일 동안 네팔의 수도 카트만두Kathmandu와 네팔 최고의 휴양 도시 포카라Pokhara 그리고 부처님 나신 곳 룸비니Lumbini 등 세 도시를 둘러봤고, 히말라야 트레킹 코스 중 '천상의 화원'이라 불리는 랑탕Langtang 계곡과 안나푸르나Annapurna 베이스캠프 등 두 곳을 다녀왔다.

　이 중 네팔 여행의 꽃은 단연 히말라야 트레킹이다. 산을 좋아하는 이들에겐 그것이 버킷 리스트의 하나가 되기도 한다. 그러나 내겐 히말라야에 간다는 것이 처음부터 썩 끌리는 일은 아니었다. 김 선배의 말처럼 "히말라야 트레킹은 불편함을 즐기러 가는 여행"이기 때문이었다. 그런데도 내가 히말라야 트레킹을 하기로 했던 건 산이 좋아서라기보다는 순전히 친구 따라 강남 간다는 식이었다.

　나는 이번 여행에서 두 개의 트레킹 코스를 걸었다. 랑탕 계곡 트레킹에 이어 안나푸르나 트레킹까지. 초심자에게는 그리 만만치 않은 여정이었다. 랑탕 계곡 트레킹을 처음 시작했을 때는 내가 왜 이런 고생을 사서 하는지 후회가 되었다. 할 수만 있다면 중도에서 그냥 포기하고 싶었다.

　그러나 처음 몇 고비를 넘기고 나니 조금씩 마음의 여유가 생겼다. 히말라야는 나에게 거의 매일 어려운 과제를 한 가지씩 내 주었으나 그것을 견디고 나면 그에 상응하는 보상도 빠트리지 않았다.

땀 흘리며 걸은 후 잠시 쉴 때, 눈앞에 펼쳐지는 대자연의 아름다움은 경이와 감사의 마음을 일깨워 주었다.

한마디로 히말라야 트레킹은 산길을 걸으면서 자연을 만나고 나를 되돌아보는 과정이었다. 그 과정에서 나는 문득 히말라야가 인생을 닮았다고 생각했다. 그곳엔 편히 걸을 수 있는 흙길이 있었고 험한 돌길도 있었다. 오르막길과 내리막길이 끝없이 반복되는 여정, 그 길에서 나는 속옷이 흠뻑 젖도록 땀을 흘렸고 상쾌한 바람에 쾌감을 느끼기도 했다. 때로는 갑작스럽게 쏟아지는 비를 만나기도 했다. 우리 인생과 다를 게 없었다. 나는 그런 생각이 들 때면 그때그때 메모를 위해 수첩을 꺼냈다. 김 선배가 공항 면세점에서 사은품으로 받은 바로 그 수첩이었다.

"이걸 책으로 내면 어떨까?"

네팔 여행을 다녀온 지 몇 달이 지난 후였다. 느닷없이 김 선배가 수첩에 담겨 있는 얘기를 책으로 내 보라고 나를 부추겼다.

"이런 어쭙잖은 얘기가 책이 되겠어요?"

반신반의하면서도 못 이기는 척하고 출판사에 초고를 보냈다. 그런데 뜻밖에도 출판사의 반응은 호의적이었다.

"괜찮은데요."

자신의 얘기를 책으로 쓴다는 것은 무척이나 조심스럽고 부끄러운 일이다. 마치 옷을 벗고 대중 앞에 서는 것과 같다. 특히 나처럼

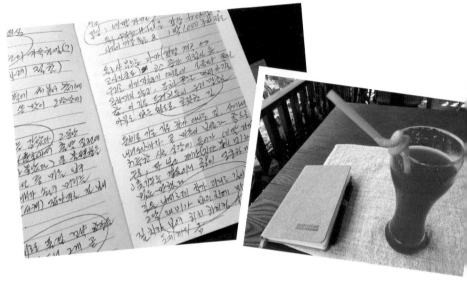

트레킹을 하다가 쉴 때면 가끔 수첩을 꺼내 메모를 했다.

뭐 하나 내세울 것 없는 평범한 사람의 경우라면 더욱더 그렇다. 고대 그리스나 로마 시대의 조각상처럼 아름다운 몸매도 아니면서 자신의 벗은 몸을 남 앞에 드러내는 건 얼마나 부끄러운 일인가.

원고 수정 작업을 하는 내내 이런 생각이 머릿속에서 떠나지 않았다. 내가 지금 괜한 짓을 하고 있는 건 아닌지, 차라리 그만두는 게 낫지 않을까 하는 회의가 들곤 했다. 반면 누군가의 삶의 기록은, 평범한 사람의 경우라 할지라도 그것이 진실하기만 하다면, 그 나름의 가치가 있는 게 아닐까 하는 생각이 들기도 했다. 이때 큰 도움이 되었던 건 니체Nietzsche의 말이었다.

삶의 가치란 평가 대상일 수 없다.

_니체, 『우상의 황혼』

나름대로는 진솔하게 쓰고자 했으나 글재주가 없는 탓에 혹은 내 사고의 폭이 체험에만 묶여 있어 결과가 의욕에 미치지 못한 글이 되고 말았다. 다만 나는 그러한 한계를 인식하고 내 얘기 끝에 소위 '기억할 만한 간결한 말'을 많이 인용했다. 내가 하고자 하는 말을 전달하는 데 도움이 될까 해서다. 이건 꽤 공을 들인 작업이다. 내가 읽었던 책 중에서 누구든 한 번쯤 곱씹어 볼 만한 가치가 있다고 생각되는 경구를 끌어오되 가급적 짧은 것으로만 선별했다.

원고 수정 작업이 거의 끝나 갈 무렵, 내가 히말라야 얘기를 책으로 낼 것이라고 했더니 전에 함께 일했던 〈인간극장〉 작가가 물었다.

"히말라야가 그렇게 좋았어요?"

그때 나는 웃으며 이렇게 대답했다.

"아니, 난 무척 힘들었어. 특히 먹고 자는 게. 근데 히말라야는 한 번 가 볼 만하긴 해. 일생에 한 번쯤은."

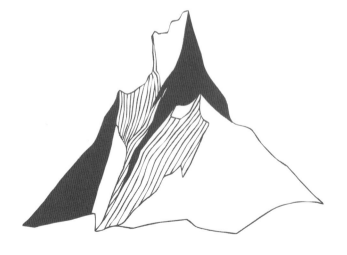

1장

나마스테 네팔

인생 길 인생 길 정말로 어려워라

이 길 저 길 많은 길, 내 갈 길 어디인가

_이백, 「행로난」

오래 묵을수록 좋은 것

김 선배의 히말라야 사랑은 유별났다. 해마다 봄이 되면 히말라야에 가고 싶다고 노래를 하곤 했다.

"아, 안나푸르나에 가고 싶다. 이번 봄엔 꼭 가야 하는데."

내가 보기엔 거의 병이었다.

그는 KBS 특별생방송 〈여기는 안나푸르나〉 등 여러 편의 히말라야 관련 프로그램을 제작한 KBS의 프로듀서이다. 약 20여 년 전, 'KBS HD 특집' 아이템을 찾다가 우연히 히말라야와 인연을 맺게 되었는데, 그때 이후로 히말라야의 매력에 푹 빠지고 말았다. 히말라야의 자연, 특히 설산의 모습과 그 속에서 삶을 영위하고 있는 티베트계 네팔인들의 소박한 모습을 보면서 마음이 정결해지는 느낌을 받았기 때문이다. 처음에는 프로그램 때문이었지만 나중에는 일과 상관없이 휴가 때마다 히말라야를 찾았다. 그러다 보니 그는 자연스럽게 히말라야 트레킹 전문가가 되어 있었다.

김 선배와 나는 같은 회사에 다니는 만큼 서로 얼굴은 알고 지내던 사이였다. 당시 PD들은 자기 방송을 마치고 나면 KBS 별관 근처의 카페나 주점에서 술잔을 기울이는 일이 흔했다. 술에 취해 여의도의 밤거리를 헤매다 보면 가끔 아는 얼굴과 마주치기도 하는데, 그런 경우에는 의기투합해서 술자리를 이어 가기도 했다. 김 선배와 나는 그런 자리에서 함께 어울릴 수도 있는 딱 그만큼의 사이였다.

그러다 10여 년 전쯤 공교롭게도 김 선배와 내가 동시에 같은 부서로 발령을 받았다. 거긴 주로 시니어 PD들이 외주 제작사와 협력해서 프로그램을 제작하는 부서였다. 같은 부서에 근무하게 되면서 우리 두 사람은 자연스럽게 친해졌다. 둘 다 아날로그적 사고방식을 가지고 있는 데다 가치관과 취향도 비슷했다. 사는 곳도 같은 동네였다. 사람이 친해지는 데는 공통점이 많을수록 좋은 것 같다.

평소 나는 아내로부터 '15세기에나 태어났어야 할 사람'이라고 핀잔을 듣곤 했다. 아내에게 나는 책만 읽을 줄 알았지 세상 물정에는 어두운 사람, 즉 백면서생白面書生이었다.

나는 한마디로 디지털 시대에 잘 어울리지 않는 사람이었다. 그런 면에서는 김 선배도 나와 비슷했다. 한 가지 예로, 우린 거의 '컴맹'에 가까웠다.

"이런 덤 앤 더머Dumb and Dumber들."

어떤 이는 우리를 이렇게 놀렸다. 스마트폰 하나도 제대로 다루지 못하고 쩔쩔매는 모습을 보면 그런 표현이 절로 떠오르는 모양이었다. 여기서 '덤 앤 더머'란 오래전에 나온 미국의 코미디 영화 제목이다. 흥미롭게도 이 영화를 본 사람이든 보지 않은 사람이든 〈덤 앤 더머〉라는 제목만큼은 모두 잘 알고 있는 듯했다.

도토리 키 재기이긴 하지만 컴퓨터에 관한 한 김 선배는 심지어 나보다 한 수 아래다. 이를테면 나는 어떤 자료를 제출할 때 파일을 이용해 전송하는 방법 정도는 알고 있다. 그런데 김 선배는 컴퓨터를 이용하지 않고 해당 기관에 직접 가서 그 자료를 제출한다. 내가 파일 전송 방법을 가르쳐 주겠다고 하면 그는 이렇게 말한다.

"지하철 타고 직접 가서 내면 되지, 뭐. 멀지도 않은데."

아내도 언젠가 우리 두 사람에게 '덤 앤 더머'라는 표현을 쓴 적이 있다. 각자 서로의 인생에 조금도 도움이 되지 못하는 사이라면서. 내가 어디선가 다소 부당한 대우를 받은 적이 있는데, 그때 하필 김 선배가 내 옆에 있었기 때문이다. 당한 사람도 그렇지만 그걸 그냥 옆에서 보고만 있는 사람은 또 뭐냐는 것이었다. 그때 김 선배의 변은 이랬다.

"아, 내가 나서서 거들려고 했지. 그래서 기회를 엿보고 있었는데 끼어들 틈을 그만 놓치고 말았어."

'덤 앤 더머'라는 말은 일반적으로 이렇게 한심한 사람들을 가리키는 말이지만 그 속에는 '친한 사이, 콤비'라는 의미도 담겨 있다. 김 선배와 나는 단짝이었다. 사람 중에는 주는 것 없이 미운 사람이 있는가 하면 소위 케미가 맞는 사람이 있다. 우리는 모든 면에서 쿵짝이 잘 맞았다. 서로 눈빛만 봐도, 몇 마디만 주고받아도 상대가 무슨 생각을 하고 있는지 안다. 어떤 걸 설명할 필요도 없고 얼굴 붉힐 이유도 없다.

그건 아마 기본적으로 두 사람의 인생관이 비슷하기 때문일 것이다. 우린 둘 다 명예나 돈 같은 것에 대해서는 크게 신경 쓰지 않는다. 체념 혹은 '받아들임'이라는 것도 삶의 중요한 요소라고 믿는 까닭이다. 혹자는 이를 '루저loser'의 사고방식이라고 할지도 모른다. 그러나 우리는 그렇게 생겨 먹었다. 욕심이 별로 없는 사람들이다.

> *나의 가장 뛰어난 재주는 욕심을 부리지 않는 것이다.*
>
> _헨리 데이비드 소로, 『월든』

우리는 나름대로 안분지족安分知足의 삶을 지향한다. 있는 그대로의 삶을 즐기는 데서 오는 잔잔한 기쁨, 내 주머니 수준에서 발견할수 있는 소소한 행복을 추구한다. 요즘 유행하는 말로는 이른바 '소확행'인데, 나는 이 말을 싫어한다. 지나치게 일본 냄새가 나는 데다 어감도 부드럽지 않기 때문이다. 그냥 '작은 행복'이라고 해도 족하지 않을까. 우리 두 사람은 매일 '작은 것으로 행복해지는 기술'을 익히기 위해 노력한다.

흔히들 포도주와 친구는 오래 묵을수록 좋다고 한다. 포도주가 꼭 오래 묵어야 훌륭한 맛을 내는지는 잘 모르겠다. 그러나 친구는 당연히 오래된 친구가 좋다. 언제든 사심 없이 만날 수 있고 어떤 얘기든 허심탄회하게 꺼낼 수 있는 건 오랜 친구 사이에서나 가능하기 때문이다. 아무리 내가 좋아하는 관심 분야라 해도 일로 엮인 사람들과 식사하는 자리에서 고대 그리스 철학이나 몽테뉴Montaigne의 『에세Essais』를 대화의 소재로 올리는 건 아무래도 적절해 보이지 않는다.

하지만 우정의 정도를 기간으로만 재는 것 또한 무리가 있다. 몽테뉴의 경우를 보자. 그는 절친 라 보에시La Boetie와의 만남을 스스로 "3세기에 한 번 있을까 말까 한 행운"이며 "서로의 영혼이 온전하고 완벽하게 어우러졌던" 우정이라고 했다. 그가 라 보에시를 만난 건 20대 중반의 일이었다. 게다가 이들이 함께 지낸 기간은 불과 6년밖에 되지 않았다. 그 짧은 기간에 두 사람은 평생 함께한 것처럼 친밀하게 지냈다.

누가 나에게 그를 왜 사랑하냐고 묻는다면 나는 이렇게 대답하는 것 이외에는 달리 설명할 수가 없을 것이다. 그였기에, 그리고 나였기에.

_몽테뉴, 『에세』

김 선배와 나는 죽마고우가 아니다. 나이 오십이 넘어 사회에서 만난 두 사람이 마치 오랜 친구처럼 지낼 수 있다는 건 드문 일일 것이다. 나는 우리 두 사람의 관계를 하늘이 주신 축복이라고 믿는다. 특히 요즘 들어 친구의 소중함을 새삼 깨닫곤 한다. 아무래도 인생 후반부로 갈수록 혼자 보내야 할 시간이 많아지기 때문인 듯하다.

올여름에는 김 선배가 두 달 가까이 한국을 떠나 있었다. 캐나다에 있는 아들과 함께 지내기 위해서였다. 날도 더운데 그가 옆에 없으니 시간이 무척 더디게 흘러갔다. 이런 생각이 문득 들었다. 아, 그렇구나. 이렇게 멀리 떨어져 있는 기간이 5년, 10년 이상 계속된다면 아무리 친한 친구라도 멀어질 수밖에 없겠구나.

포도주는 몰라도 친구는 오래 묵을수록 좋다. 그러나 그것은 만남을 전제로 한다. 친구는 우선 가까이 있어야 한다. 내게는 김 선배가 바로 그런 사람이다. 가까이 있으면서 안 보면 보고 싶어지는 사람, 김 선배가 네팔 여행 얘기를 꺼냈을 때 단칼에 거절하기는 어려웠다. 네팔은 그리 끌리는 여행지가 아니었음에도.

두 발로 걸을 수만 있다면

    인천 공항에서 네팔의 카트만두까지는 국적기로 일곱 시간 반 정도가 걸린다. 나는 김 선배가 권하는 대로 비행기의 오른쪽 창가에 앉았다. 오른쪽 창가에 앉으면 가는 도중에 히말라야의 설산을 볼 수 있기 때문이다. 김 선배 나름의 배려였다.

    인천을 떠난 지 일곱 시간쯤 지났을 때 나는 설레는 마음으로 비행기 창밖을 내다보았다. 곧 내 눈앞에 설산의 장엄한 모습이 펼쳐질 것이었다. 신들이 사는 곳, 히말라야를 드디어 볼 수 있게 되는 건가. 말로만 듣던 히말라야의 만년설은 과연 어떤 모습일까. 잔뜩 기대되는 순간이었다. 그러나 아쉽게도 그날 나는 설산의 모습을 볼 수 없었다. 날씨가 흐렸기 때문이다. 보이는 건 온통 구름뿐이었다.

    잠시 후 비행기가 공항에 착륙하기 위해 고도를 낮추자 창밖 풍경도 서서히 바뀌었다. 나지막한 산들이 손에 잡힐 듯 가까이 눈에 들어왔다. 흥미로운 건 산꼭대기마다 제법 넓은 길이 나 있다는 점이었다. 그 길 양쪽으로 집들이 옹기종기 들어서 마을을 이루고 있었다.

"우리가 바로 저런 산길을 따라 걷는 겁니다."

김 선배가 창밖을 가리키며 말했다. 히말라야 트레킹이라고 해서 꼭 험준한 산을 힘겹게 오르내리는 것은 아니니 너무 걱정하지 말라는 뜻이었다.

"아, 네. 그렇군요."

나는 건성으로 고개를 끄덕였다. 그러나 마음속에는 여전히 막연한 두려움이 남아 있었다. 내가 과연 히말라야를 잘 걸을 수 있을까. 사실 난 네팔에 오기 전부터 이런 걱정을 많이 했다. 나는 이른바 '산꾼'이 아니다. 산 정상에 오르는 것보다는 둘레길 걷는 걸 더 좋아하는 사람이다. 그런 나에게 히말라야는 이름만으로도 은근히 부담스러웠다.

그나마 다행인 건 내가 평소 걷기를 좋아한다는 점이었다. 사람이 자신의 두 발로 걸을 수 있다는 건 큰 축복이다. 나는 걷는 것이야말로 '살아 있음'의 징표라고 생각한다. 할 수만 있다면, 나는 자신의 두 발로 혹은 아쉬운 대로 휠체어에 의지해서라도 이 아름다운 세상을 보고 느낄 수 있을 때까지만 살고 싶다. 그렇지 못한 삶은 살아도 사는 게 아닐 것 같다는 생각이 든다.

'튼튼한 두 다리로 다시 힘차게 걸을 수만 있다면.'

20여 년 전, 나는 병실에서 이런 생각을 했다. 허리 디스크 재활 치료를 받던 중이었다. 침대에 누워 새우처럼 웅크린 자세로 허리 쪽에 주사를 맞았다. 무척 아팠다. 창밖엔 눈이 내리고 있었다. 내 처지가 처량하게 느껴졌다.

통증은 어느 날 갑작스럽게 찾아왔다. 처음엔 주로 허리와 허벅지 부위에 통증이 있었다. 그러던 것이 나중에는 500미터만 걸어도 땅바닥에 주저앉을 정도로 심해졌다. 사람이 아프다 보면 귀가 엷어지게 마련이다. 몇 개월 동안 소위 '병원 쇼핑'을 했다. 어떤 의사가 용하다더라 하면 혹시나 하는 기대로 이 병원 저 병원을 찾아다녔다.

그러다 마지막으로 찾아간 곳이 여의도 성모병원의 통증클리닉이었다. 만일 거기서도 치료 효과가 없으면 그동안 겁이 나서 미루어 왔던 수술을 받아들이기로 했다. 병원도 운때가 맞아야 한다고 했던가. 운 좋게도 그곳은 나와 잘 맞았다. 신경차단술이라는 시술을 받고 난 후부터 통증이 조금씩 줄어들기 시작했다.

그때부터 내가 해야 할 과제는 허리 근육을 튼튼하게 만드는 것이었다. 어떤 책에 의하면 튼튼한 허리란 밤새도록 방바닥에 앉아서 고스톱을 쳐도 끄떡없는 허리라고 했다. 그런 튼튼한 허리 근육을 만들기 위해서는 걷기가 좋다고 했다. 그날 이후 걷기는 내 일상에서 가장 중요한 일이 되었다. 우연히 접하게 된 책의 제목을 모토로 삼았다.

'누우면 죽고 걸으면 산다.'

비가 오나 눈이 오나 정말 열심히 걸었다. 마치 독일 병정처럼. 내 살길은 오직 걷기뿐이라고 믿으며. 마침 집과 가까운 곳에 여의도공원이 있었다. 군데군데 벤치가 있어서 내가 걷기엔 더없이 좋은 장소였다. 걷다가 통증이 심해지면 벤치에 앉아 쉴 수 있었기 때문이다.

산책로를 걷다가 아프면 벤치에 앉아 쉬고 좀 나아지면 다시 걷고, 이렇게 걷기를 몇 개월이나 했을까. 어느 순간부터는 공원 산책로 2.5킬로미터를 벤치에 앉아 쉬지 않고 한 번에 걸을 수 있게 되었다. 걷기 운동을 열심히 하다 보니 허리 통증이 거의 사라진 것이다. 방송 프로그램이었다면 이 대목에서 헨델Händel의 오라토리오oratorio 〈메시아Messiah〉 중 〈할렐루야Hallelujah〉 합창곡이 배경음악으로 터져 나왔을지도 모르겠다.

언제나 그렇듯 행복이란 멀리 있는 게 아니다. 허리 디스크로 고통받던 사람에겐 힘차게 걸을 수만 있어도 그것이 곧 행복이다. 난 허리 통증이 사라진 후에도 꾸준히 걸었다. 어렵게 되찾은 행복을 잃고 싶지 않았기 때문이다. 걷는 데 필요한 것이라곤 쿠션 좋은 운동화 한 켤레뿐이었다.

처음엔 치료를 위해서였지만 어느 순간부터 걷기는 내게 하나의 즐거움으로 다가왔다. 특히 아침 출근길에 집에서 조금 일찍 나와 여의도공원 산책로를 걷는 건 참으로 행복한 일이었다. 계절마다 다른 옷으로 갈아입는 초목, 상쾌한 공기, 푸른 하늘과 한가한 구름, 새들의 지저귐, 가끔 마주치는 낯익은 얼굴들. 걸을수록 몸과 마음은 자유로워졌으며 내가 온전히 살아 있음을 느낄 수 있었다.

행복을 추구하는 데 있어서 가장 중요한 일은 하루에 최소한 두 시간을, 가급적 자연 속에서 걷는 것이다.

_쇼펜하우어

"오후에 한 라운딩 하시렵니까?"

김 선배는 가끔 내게 이런 문자를 보내곤 했는데, 그건 골프 얘기가 아니었다. 여의도공원을 한 바퀴 돌자는 뜻이었다. 우리 두 사람의 주된 놀이는 걷기였다. 틈만 나면 함께 걸었다. 평소에는 집에서 가까운 여의도공원이나 한강을 따라 걸었고 주말에는 주로 북한산 둘레길을 걸었다. 가끔은 북한산을 오르기도 했다.

그러던 어느 날 김 선배가 불쑥 네팔에 가자고 했다. 함께 히말라야 트레킹을 하자는 것이었다. 한 달 정도의 일정이면 '1타 3피'가 가능하다면서. 즉 '천상의 화원'이라는 랑탕 계곡, 우리에게 에베레스트Everest산으로 잘 알려진 쿰부 히말라야Khumbu Himalayas, '풍요의 여신' 안나푸르나 등 이른바 히말라야의 '베스트 3' 코스를 '한 큐'에 끝낼 수 있다고 강조했다.

남들은 평생 히말라야의 한 개 코스도 가 볼까 말까 한데 세 개의 주요 코스를 한 번에 가 볼 수 있다니. 그것도 경험 많은 이의 안내를 받으며. 얼핏 보면 아주 좋은 기회였다. 그러나 선뜻 그러자는 말이 나오지는 않았다. 내 체력으로 히말라야 트레킹을 감당해 낼 수 있을까 하는 걱정이 앞섰다.

나는 직감적으로 무척 힘든 여정이 되리라는 것을 알아챘다. 예전에 어떤 모임의 겨울 산행을 따라갔다가 고생했던 경험 때문이었다. 그때 나는 침낭 속에서, 그 침낭에 문제가 있었는지 아니면 내가 잘못 사용해서 그랬는지는 모르나, 밤새도록 추위에 떨어야 했다. 다음 날 아침, 나는 날이 밝자마자 일행에게 양해를 구하고 먼저 산에서 내려왔다.

사람들은 대개 썩 내키지 않는 일 앞에서는 변명거리를 찾게 된다.

"아무리 생각해도 내 실력으로 히말라야 트레킹은 무리일 것 같은데요."

"히말라야 트레킹이라는 게 별거 아니에요. 북한산 둘레길 걷는 거랑 비슷해요. 전혀 걱정할 게 없어요."

김 선배는 나를 안심시키려 했지만 내 마음속에는 여전히 찜찜한 구석이 남아 있었다. 또 다른 핑계를 찾아내야 했다.

> *인간은 자신의 직감을 지지하기 위한 이유를 찾아내는 능력이 뛰어나다.*
>
> *_조너선 하이트, 『행복의 가설』*

안식의 의미, '편히 쉼'

카트만두의 트리부반^{Tribhuvan} 공항은 말이 국제공항이지 크기는 우리나라 소도시의 그것과 비슷했다. 지극히 소박한 모습이었다. 조그마한 공항의 입국 심사는 줄을 설 것도 없이 바로 끝났다. 입국 비자를 서울의 네팔 대사관에서 미리 받아 두었기 때문이다. 우리는 성북동에 있는 네팔 대사관에 직접 찾아가 비자를 발급받았다. 우리에게 걷는 건 언제나 즐거운 일이었고 네팔 대사관 근처에는 북악하늘길 산책로가 있었다.

네팔 대사관에서 비자를 발급받기 위해서는 그곳에 두 번 가야 한다. 한 번은 비자를 신청하기 위해서이고 또 한 번은 그것을 찾기 위해서이다. 기꺼이 번거로운 일을 자처한 이유는 두 사람 다 시간이 많아서였다. 우리는 그때 안식년 휴가 중이었다. 시간에 대해서만큼은 관대한 시기였다.

퇴직을 앞두고 있던 나에게 1년간의 안식년 휴가가 주어진 건 전혀 예기치 못한 행운이었다. 어찌 보면 그건 우리 사회의 정년이 60세로 연장되면서 소위 '58년 개띠'부터 퇴직이 2년 늦춰진 데 따른 회사의 고육지책이었다. 곧 퇴직할 사람들이 회사에 나와 봤자 별 도움 될 게 없으니 집에서 푹 쉬라는 뜻이었다. 대신 월급은 반만 받고. 속사정이야 어떻든 나로서는 참으로 감사한 일이었다.

나는 사실 그 유명한 '58년 개띠'가 아니다. 호적에 실제보다 두 살 어린 나이로 등재되었기 때문이다. 영아 사망률이 높았던 시절, 시골에선 흔히 있던 일이었다. 그렇다고 안식년 휴가를 반납할 수는 없는 노릇이었다. 그보다는 어떻게 하면 안식년을 더 잘 보낼 수 있을지 그걸 연구하는 게 현명할 터였다.

회사에 출근하지 않으니 당장 눈에 띄는 변화가 있었다. 우선 전화가 확 줄었다. 찾아오는 사람도 별로 없었다. 그렇다고 해서 서운한 건 아니었다. 어떤 면에서는 오히려 홀가분했다. 가끔 모르는 전화만 걸려 오곤 했는데 그런 건 아예 받지도 않았다. 세속을 벗어나 전원의 한가로움을 즐겼던 도연명의 시가 새삼 피부에 와 닿았다. 관직에서 벗어나고 보니 수레와 말의 시끄러움이 없다고 했던 게 바로 이런 뜻이었구나.

들밖에는 사람과의 교제 드물어
구석진 골목에 수레와 말 오는 일 적다.

_도연명, 「고향집에 돌아옴」 제2수

퇴직 선배들은 종종 이런 얘기를 했다. 어느 날 갑자기 출근할 곳이 없어지니, 아침에 일어나면 '오늘은 또 뭘 해야 하나?' 하고 당혹스러울 때가 있다고. 내겐 다행히 그런 증상이 없었다. 아마 그건 내가 혼자서도 잘 놀기 때문인 것 같다.

안식년을 맞으면서 나름대로 시간표를 짰다. 하루를 대충 3교시로 나눴다.

1교시(오전) : 고전 읽기

2교시(오후) : 친교 및 운동

3교시(밤) : 자기 계발

1교시 고전 읽기는 그럴듯해 보이지만 실은 별 게 아니었다. 스타벅스에서 느긋하게 커피를 마시면서 책을 읽는 일이었다. 호메로스Homeros의 『일리아스Ilias』와 『오디세이아Odysseia』, 플라톤Platon의 『국가Politeia』 등 주로 그리스 고전을 읽었다. 하루 중 가장 행복한 시간이었다. 이 시간을 잘 보내고 나면 다른 건 좀 흐트러져도 괜찮았다.

시간표는 의외로 유용했다. 비록 자신과의 약속이지만 시간표가 있는 것과 없는 것은 확연히 차이가 난다. 규칙적인 생활이 가능해지기 때문이다. 나는 매일 아침 8시 반이면 책 한 권을 들고 밖으로 나간다. 만일 이 시간표가 없었다면 하루하루를 어떻게 보내야 할지 막막했을 것이다. 이건 『조화로운 삶Living The Good Life』의 저자 스코트 니어링Scott Nearing에게 얻은 힌트였다.

'생계를 위한 노동 네 시간, 지적 활동 네 시간, 좋은 사람들과 친
교하며 보내는 시간 네 시간'이면 완벽한 하루의 일상이 짜여진다.

_스코트 니어링

내 시간표에는 스코트 니어링의 경우와 달리 '생계를 위한 노동'
시간은 없었다. 물론 안식년 중에는 문제가 되지 않는다. 그런데 퇴
직 후를 생각하면 얘기가 달라진다. 이를테면 목사님이나 교수님은
안식년 휴가가 끝나면 원래 있던 자리로 돌아갈 수 있지만 내겐 돌
아갈 회사가 없었다. 곧바로 퇴직이었다. 안식년이라고 해서 무작정
놀 수만은 없는 일이었다. 퇴직 후 먹고 살 방법에 대해서도 좀 궁리
를 해야 했다. 아내도 은근히 내가 조금 더 일했으면 하는 눈치였다.
꼭 돈 때문이 아니라고는 하지만.

이럴 때 남자는 한 번 더 생각하게 된다. 아내가 허락했다고 해서
먹고 살 궁리는 하지 않고 냉큼 네팔 여행을 떠나도 괜찮은 건지. 그
랬다가 후환은 없을지. 혹시 있을지 모를 아내의 불평이 두려운 것
이다. 도둑이 제 발 저린다고, 퇴직 후에 대한 대안 없이 한 달 이상
여행 떠날 생각을 하니 괜히 아내에게 미안했다. 히말라야 트레킹
가는 걸 다시 생각해 봐야 할 이유가 하나 더 생긴 셈이다.

보라, 묵은 이유에 새 이유가 보태졌으니

_오비디우스, 『변신 이야기』

"일을 30년 이상 했으면 됐지 뭘 더 해? 더 일하고 싶어도 육십 넘은 사람을 써 주는 곳은 없어요."

김 선배는 이렇게 주장했다. 틀린 말은 아니었다. 능력 있는 사람들의 경우에는 좀 다르지만, 우리 사회에서 육십 넘은 사람을 받아 주는 곳은 거의 없다고 봐야 한다. 난 그때 혹시 내가 가지고 있는 한국어 교원 2급 자격증을 써먹을 수 있을까 해서 대학 몇 군데에 시간강사 지원서를 내놓은 상태였는데 결과는 모두 탈락이었다. 씁쓸했다.

그런데 이렇게 몇 번 떨어지고 보니 오히려 안식년 휴가라는 좋은 기회를 그저 먹고 살 궁리나 하면서 보내는 것도 어리석은 일 같았다. 월급의 절반 정도를 받으면서 쉴 수 있는 이런 기회는 평생 다시 오지 않을 것이기 때문이었다. 어느 날 나는 새삼스럽게 안식의 뜻이 궁금해진 적이 있었는데, 그때 네이버는 이렇게 답했다.

안식安息 : 편히 쉼

생각이 여기에 미치자 문득 뉴욕에 있는 딸이 보낸 문자 내용이 떠올랐다. 안식년에 막 들어설 무렵 보내 준 것이었는데, 그때 난 가슴이 뭉클했다. "인생을 가볍게 살라"는 딸의 말이 폐부를 찔렀기 때문이다.

아빠의 새로운 30년 인생의 시작을 축하드려요.

이젠 아빠가 하고 싶은 일만 하면서 매일매일 즐겁게 사세요.
아빠의 욕구에 충실하게, 가볍게 사세요.

그렇다. 딸의 눈에 그렇게 비쳤듯이, 난 그동안 매사를 너무 복잡하게 생각하며 살아왔는지도 모르겠다. 그냥 히말라야로 훌쩍 떠나면 될 일이었다. 더는 복잡하게 생각할 이유가 없었다.

삶은 복잡하지 않다. 복잡한 건 우리들이다. 삶은 단순하다. 그리고 단순한 것이 옳은 것이다.

_오스카 와일드

버킷 리스트

"히말라야 트레킹은 내 버킷 리스트인데, 잘 다녀오신 후 경험을 전수해 주세요. 다 털어 버리고 자유로운 영혼이 되어 돌아오시길."

가까운 친구로부터 받은 카톡 문자 내용이다. 그이는 창원 MBC의 편성제작국장 출신으로 섬세하면서도 시원시원한 성격의 소유자였다. 평소 등산을 좋아했는데, 내심 히말라야 트레킹도 꿈꾸고 있었던 모양이다.

누군가에게 히말라야는 버킷 리스트의 하나가 되기도 한다. 트레킹을 하면서 자연의 아름다움과 경이로움에 감동하고 때론 그곳에서 어떤 영감을 얻을 수도 있기 때문이다. 세상사에 지친 이들은 소위 힐링을 위해서 그곳을 걷는다고도 한다. 또 어떤 이들은 뭔가 큰 결단을 내리기 전에 히말라야를 찾는 것 같기도 하다. 실제로 문재인 대통령은 대선 구상을 위해 랑탕 계곡 트레킹을 했다고 한다. 그가 걸었던 코스는 이른바 '이니 로드'로 알려져 있다.

그러나 내게 히말라야는 의미 있는 곳이 아니었다. 버킷 리스트의 하나도 아니었고 힐링을 위한 곳도 아니었다. 내 마음은 딴 데 있었다. 만일 나에게 한 달 정도의 시간이 주어진다면 난 고대 현자들의 고향을 찾아서 터키와 그리스를 여행하고 싶었다. 고대 그리스 세계에서는 이오니아Ionia라고 불렸던 곳, 터키 서부 연안의 몇몇 도시와 그리스 에게Aegean해의 섬에 가 보고 싶었다.

> 그리스 동쪽에는 에게해를 넘어서 소아시아가 있다. 지금은 비록 소리도 없이 잠들어 있는 것 같지만, 플라톤 이전의 시대에는 산업과 상업 및 투기로 약동하던 곳이다.
>
> _윌 듀런트, 『철학 이야기』

그리스 동쪽, 즉 터키 서부 연안에는 고대 그리스 현자들의 고향이 몰려 있다. 왜 하필 그리스 본토가 아니고 소아시아의 식민 도시였을까. 지도상에 넓게 펼쳐진 도시국가 중에서도 왜 유독 그곳에서 현자들이 많이 나왔을까. 난 이게 참 신기했다. 그 현자들의 땅을 직접 걸어 보고 싶었다.

그곳엔 우선 호메로스의 고향으로 알려진 이즈미르Izmir가 있다. 이즈미르는 터키 제3의 도시로 예전에는 스미르나Smyrna라고 불렸던 곳이다. 우리가 아는 것처럼 호메로스는 인류 최고의 서사시 『일리아스』와 『오디세이아』의 작가로 알려져 있다. 우리 세대는 고등학교 국어 교과서에서 호메로스를 처음 접했다. 호머Homer라는 영어식 이름으로.

참다운 지혜로 마음을 가다듬은 사람은,
저 인구에 회자하는 호머의 시구 하나로도,
이 세상 비애와 공포에서 자유로울 수 있을 것이다.

사람은 나뭇잎과도 흡사한 것.
가을바람이 땅에 낡은 잎을 뿌리면,
봄은 다시 새로운 잎으로 숲을 덮는다.

_이양하, 「페이터의 산문」

호메로스의 고향 이즈미르에서 그리 멀지 않은 곳에 고대 그리스 현자들의 고향이 밀집해 있다. 그중 우리에게 비교적 잘 알려진 몇 사람의 고향을 꼽아 보자면 '철학의 아버지'라 불리는 탈레스Thales의 고향 밀레토스Miletus, "만물은 유전한다"고 했던 철학자 헤라클레이토스Heracleitos의 고향 에페스Efes, '피타고라스Pythagoras 정리'를 발견한 수학자 피타고라스와 쾌락주의 철학자 에피쿠로스Epicouros의 고향 사모스Samos, '역사의 아버지' 헤로도토스Herodotos의 고향 보드룸Bodrum, '히포크라테스Hippocrates 선서'로 잘 알려진 히포크라테스의 고향 코스Kos, 스토아주의 철학자 에픽테토스Epiktetos의 고향 히에라폴리스Hierapolis 등이 있다.

이 중에서도 나는 특히 사모스섬에 가 보고 싶었다. 적어도 닷새

쯤은 그 섬에서 머무르고 싶었다. 내가 추종하는 철학자 에피쿠로스의 고향이기 때문이었다. 에피쿠로스는 내 삶의 후반부에 가장 큰 영향을 미친 철학자이다. 그는 쾌락주의자로 알려져 있으나 굳이 말하자면 '합리적인 쾌락주의자'였다. 그는 우리에게 '즐거운 삶'을 권한다.

즐겁게 살지 못하면 지혜롭거나 바르게도 살 수 없다.

_에피쿠로스

내가 지치고 힘들었을 때 에피쿠로스는 나를 그의 '정원'으로 초대했다. 인생을 최대한 즐겁게 살라고 권하면서. 그가 아테네에 세운 학교 '정원'은 말하자면 뜻을 같이하는 사람들이 모여 소박한 음식을 나눠 먹으며 편안하고 즐거운 분위기 속에서 함께 철학을 이야기하는 만남의 공간이었다. 그곳은 누구에게나 활짝 열려 있었다. 플라톤의 '아카데메이아Acadēmeia'처럼 "기하학을 모르는 자는 들어오지 말라"든가 하는 제한이 없었다. 거기서 추구해야 할 지혜는 오직 즐거움이었다. '정원'의 문 앞에는 이런 글귀가 쓰여 있었다고 한다.

낯선 자들이여, 여기 머무르십시오.
여기서 최고의 선은 즐거움입니다.

나는 안식년 중에 이 계획을 실행에 옮기고 싶었다. 그런데 바로 그때 김 선배가 히말라야 트레킹 얘기를 꺼낸 것이다. 터키와 그리스 여행을 꿈꾸고 있던 나로서는 갈등하지 않을 수 없었다.

체력을 고려한다면 한 살이라도 더 젊을 때 히말라야를 가는 게 맞을 것이다. 그리스는 다음으로 미루고. 그러나 다음이라는 건 어쩌면 없을지도 모르는 일이었다. 평범한 사람에게 한 달 이상의 해외여행은 말처럼 그렇게 쉬운 일이 아닐 테니까.

마음이 자꾸만 오락가락했다. 그리스냐 김 선배냐. 물론 나에게 가장 좋은 결정은 그리스를 김 선배와 함께 여행하는 것이리라. 그러나 그건 선택지에 없었다. 난 고민 끝에 결국 네팔을 선택하고 말았다.

'친구 따라 강남 간다'고 했던가? 여행지를 최종적으로 결정하는 데는 친구가 중요한 요인이 되기도 한다. 그건 어릴 때뿐만 아니라 나이를 먹어서도 마찬가지다. 이전에도 김 선배는 나에게 히말라야 트레킹을 함께하자고 한 적이 있다. 그때 난 어머니께서 걱정하신다는 핑계로 그 청을 거절했다. 이번에도 핑계를 세 가지나 만들었지만 차마 또 거절하긴 어려웠다.

한편으론 그리스를 혼자 여행하기보다는 둘이서 네팔을 여행하는 편이 더 나을 것 같다는 생각이 들기도 했다. 친구와 함께 걷고 함께 웃고 싶었다.

말없이 함께 있는 건 멋지다. 더 멋진 건, 같이 웃는 것이다.

_니체, 『인간적인 너무나 인간적인』

모시 고르다 베 고른다

그리스 여행을 꿈꾸던 내가 생각지도 않았던 히말라야 트레킹을 따라나선 건 한마디로 '모시를 고르던 사람이 베를 고른' 격이었다. 인생엔 가끔 이렇게 얼결에 뒤집히는 일이 종종 있다. 30여 년 전, 내가 생각지도 않았던 PD직을 선택하게 된 연유만 해도 그렇다.

우리의 삶은 각본대로 흘러가지 않는다. 1986년 4월, 나는 뜻하지 않게 결혼을 하게 됐다. 군 제대를 5개월여 앞두고 있던 때였다. 사귄 지 5년이 다 되도록 결혼 얘기가 없자, 보다 못한 장인 장모님께서 들고 일어나신 것이다.

"당장 결혼을 하든가 아니면 그만 헤어지든가 양자택일을 하라."

아마 그분들의 속내는 우리가 헤어지기를 바라는 것이었으리라. 내 생각에도 나는 사윗감으로 턱없이 부족했다. 홀어머니를 모시고 있는 가난한 집안의 장남, 어린 동생이 둘 딸린. 게다가 아직 직장도 없는. 그러나 두 분 모두 성정이 여린 분들이셨다. 우리 결혼을 말리지는 않으셨다. 다만 그때 장인어른이 혼잣말처럼 하셨다는 말씀을 생각해 보면 그 속이 어떠셨을지 짐작이 간다.

"그 녀석이 차라리 하늘에서 뚝 떨어진 천애 고아였으면 좋겠다."

직장도 없는 처지에 덜컥 결혼부터 하고 보니 먹고살 일이 막막했다. 당시 나는 군 복무를 마친 후 공부를 더 하고 싶었다. 내 꿈은 원래 교수였다. 그러나 아내는 내가 취직하기를 원했다. 그 상황에서는 당연히 그게 더 현실적인 대안이었다. 박사 과정에 진학하려던 계획을 포기했다. 그럼 난 이제 어디로 가야 하나, 머리가 아팠다.

인생 길 인생 길 정말로 어려워라

이 길 저 길 많은 길, 내 갈 길 어디인가

_이백, 「행로난」

한동안 고민 끝에 차선책으로 생각해 낸 것이 KBS 기자직이었다. 그나마 군 복무 중 공군본부에서 공보장교로 일했던 경험을 살릴 수 있지 않을까 해서였다. 일반 기업체는 나이 제한 때문에 지원할 곳이 마땅치 않기도 했다. 다행히 KBS는 대학원 학력을 인정해 줬기 때문에 나이 제한에서 벗어날 수 있는 곳이었다.

"여보, 돈 많이 벌어 갖고 와."

아내는 그때 직장에 다니고 있었다. 아내가 출근할 때면 나는 가끔 나는 이런 객쩍은 소리로 배웅을 했다. 그리고 나서는 설거지를 한 후 본격적으로 취직 시험 준비를 했다. 공부하다 싫증이 나면 동네 복덕방에 들러 바둑을 두었다. 전형적인 백수 생활이었다.

그해 10월, KBS의 신입 사원 공모 요강이 떴다. 결연한 의지를 다지며 입사 지원서를 작성했다. 그런데 KBS에 입사 지원서를 내기 바로 전날 밤, 난 애초 의도와는 전혀 다른 선택을 하고 말았다.

그날 밤 〈KBS 9시 뉴스〉에서는 유성환 의원의 소위 '국시론 파동'을 다루고 있었다. 유성환 의원은 1986년 10월 국회에서 "이 나라의 국시는 반공이 아니라 통일이어야 한다"고 발언했다가 전두환 정권에 의해 구속된 사람이다. 난 평소 TV를 잘 보는 편이 아니었다. 가끔 9시 뉴스를 챙겨 보는 정도였다. 그런데 왜 하필 그날 내 가슴속에 뭔가 뜨거운 것이 올라왔을까.

그때 나의 정신은 불타고 있었다!

_루트비히 비트겐슈타인

뉴스를 보도하는 KBS 기자들의 모습이 문득 초라해 보였다. 그때는 이른바 '땡전 뉴스'라는 말이 유행하던 시절이었다. '땡전 뉴스'란 〈KBS 9시 뉴스〉가 시작되는 신호음이 '땡' 하고 울리면 가장 먼저 "전두환 대통령은…"이라는 앵커 멘트가 나온 데서 유래된 말이다. 머릿속에 자꾸만 '권력의 시녀'라는 말이 맴돌았다. KBS 기자가 된다는 건 어쩌면 두고두고 부끄러워해야 할 일이 될지도 모른다는 생각이 들었다.

이성과 양심 앞에서 발을 헛디뎌 부끄러움을 느끼지 않도록 하라.

_몽테뉴, 『에세』

그렇다고 KBS 시험 자체를 포기할 정도의 용기는 없었다. 먹고
는 살아야 했다. 기자를 안 하면 그럼 뭘 해야 하나 고민이 됐다.
망설이다 내린 결론이 PD였다. 그때까지도 난 PD가 뭘 하는 사람인
지 잘 몰랐다. 다만 기자보다는 덜 정치적일 것 같다는 생각이 들었
을 뿐이다. 단지 그 이유 하나만으로 난 결국 PD를 선택했다. 인생
의 중요한 결정을 한순간에 바꿔 버린 것이다. '순간의 선택이 10년
을 좌우합니다'라는 가전제품 회사의 광고 카피가 유행하던 때였다.

나는 가끔 결정하기 어려운 일은 운이나 우연에 맡기기도 한다.
이 길이 맞는지 저 길이 맞는지 판단이 서지 않을 때는 기꺼이 우연
에 맡기기도 하는 것이다. 훗날 어느 것이 올바른 선택이 될지는 아
무도 알 수 없기에.

성경의 이야기에도, 의심나는 일의 선택과 결정은 운과 우연에 맡
기는 습관을 우리에게 남겨 놓았으니

_몽테뉴, 『에세』

나마스테 네팔

네팔을 여행하는 이들이 다 네팔 대사관에 가서 비자를 발급받는 것은 아니다. 대부분 트리부반 공항에 도착한 후 현장에서 바로 발급받는다. 공항에서 비자를 받기 위해서는 줄을 서야 하지만 결론적으로는 이게 더 합리적이다. 시간뿐만 아니라 비용도 덜 먹히기 때문이다. 대사관에서 미리 비자를 받아 둔 우리는 남들보다 훨씬 일찍 입국 심사를 끝냈지만 짐을 찾는 데 많은 시간이 걸렸다. 그게 그거였다.

공항 밖으로 나오자 비가 쏟아지기 시작했다. 비행기가 공항에 착륙을 시도할 무렵부터 그런 낌새가 보이긴 했다. 우리가 기내에 있을 때부터 저 멀리 도시의 끝이 하늘과 맞닿은 곳, 지평선 근처의 하늘은 이미 먹구름을 잔뜩 품고 있었다. 하늘이 점점 어두워지면서 요란한 천둥소리와 함께 빗줄기가 굵어졌다. 환영식 한번 요란스럽군. 그러나 다행히 그곳엔 우리를 기다리는 사람들이 있었다.

"나마스테Namaste!"

누군가 내게 네팔식 인사를 하며 꽃목걸이를 걸어 주었다. 현지 한국인 여행사의 네팔인 가이드였다. 환영의 의미가 담긴 그 꽃목걸이를 네팔 말로는 말라Mala라고 했다. 금잔화 비슷하게 생긴 꽃이었다. 비록 의례적인 것이라 할지라도 막상 목에 두르고 나니 은근히 기분이 좋았다. 꽃목걸이는 산악인 엄홍길 씨 같은 분이나 받는 건 줄 알았는

말라(꽃목걸이)를 두른 하누만. 원숭이 형상의 하누만은 대중들에게 사랑받는 신이다.

데. 네팔에 와 있다는 사실이 비로소 실감났다.

사람들이 네팔을 찾는 이유는 대개 히말라야 트레킹을 하기 위해서이다. 네팔을 여행한다는 것은 곧 히말라야 트레킹을 하는 것이라고 해도 과언이 아니다. 물론 네팔에도 카트만두를 비롯해 포카라, 룸비니, 치트완 국립공원Chitwan National Park 등 여행할 만한 곳이 없는 건 아니지만 그곳엔 볼거리가 별로 없다. 더구나 네팔은 관광 인프라가 무척 열악한 편이다. 따라서 네팔을 여행하는 사람들은 대부분 히말라야 트레킹을 목표로 한다.

트레킹은 원래 '소달구지를 타고 먼 길을 여행한다'는 뜻이었다고 한다. 사전적 의미로는 '오지 여행, 특히 산악 지대를 며칠 또는 몇 주에 걸쳐 걸어 다니는 것'이다. 트레킹은 등산이나 등정과는 다

르다. 특히 등정은 산꼭대기에 오르는 것을 목표로 하지만 트레킹은 산길을 걸으면서 자연을 감상하고 자신을 돌아보는 시간을 갖는 일이다. 우리네 인생으로 보자면 등산이나 등정은 청춘 혹은 장년의 일이요, 트레킹은 노년의 삶이다.

예전에 나는 '트레킹'이 맞는 건지 혹은 '트래킹'이 맞는 건지 헷갈렸던 적이 있다. 영어로는 'tracking'이라고 쓸 것 같았기 때문이다. 'trekking'은 왠지 철자 구성이 영어 같지가 않았다. 그 의문은 남아공을 여행할 때 풀렸다.

남아공의 행정 수도 프리토리아Pretoria(츠와니Tshwane)에는 전쟁 기념관Voortrekker Monument이 있다. 기념관 밖의 둥근 외벽에는 포장마차 장식이 조각되어 있었고, 내부 벽에는 줄루족과의 전투 장면들이 부조로 새겨져 있었다. 그리고 그 옆에는 'GROOT TREK : GREAT TREK'이라 쓰여 있었다. 그때 나는 문득 '트렉(trek)'이라는 영어가 혹시 네덜란드어에서 온 것이 아닐까 하는 생각을 해 봤다. 'GROOT TREK'은 지금 남아공에서 쓰이는 말, 즉 아프리칸스Afrikaans어지만 그 뿌리는 네덜란드어이기 때문이다.

'볼트레커Voortrekker'란 1830년대의 남아공 개척자들, 즉 보어Boer인을 말한다. 일찍이 보어인은 그들의 조국인 네덜란드를 떠나 남아프리카에 케이프Cape 식민지를 개척하고 그곳에 정착했다. 이후 영국이 케이프 식민지를 지배하게 되자 보어인은 영국인의 지배에서 벗어나기 위해 집단적인 대이동을 감행한다. 미국 서부 영화에서 볼수 있는 포장마차를 타고 케이프타운을 떠나 북으로 북으로.

남아공 전쟁기념관 내부 벽에 있는 부조 조각. 주로 줄루족과의 전투 장면을 묘사했다.

오랜 기간에 걸친 이동 과정에서 원주민과의 충돌은 필연적이었다. 특히 줄루족과의 전투가 많았던 것 같다. 어떤 때는 전투에 투입됐던 보어인 전원이 줄루족에게 몰살당하기도 하고 때로는 줄루족을 몰살시키기도 했다. 지금 줄루족의 후예들은 비록 우리나라의 민속촌과 비슷한 곳에서 관광객을 위해 '전사의 춤'을 공연하고 있으나 예전에는 용맹한 전사들로 이름이 높았다고 한다.

보어인이 영국의 식민 통치를 거부하고 자신들만의 정착지를 찾아 이동했던 이 과정을 역사는 '그레이트 트렉The Great Trek'이라고 부른다. 우리말로는 '위대한 여정'이라고 할 수 있을지 모르겠다. 우리가 오늘날 특히 산악 지대를 걸어 다니는 오지 여행을 가리켜 트레킹이라고 하는 것은 이런 연유에서 비롯된 게 아닐까 하는 추측을 해 본다.

　　공항에서 숙소로 이동하는 중에도 비는 계속 내렸다. 더구나 날이 이미 어두워져서 카트만두 시내를 제대로 볼 수는 없었다. 별 감흥 없이 숙소에 도착했다. 소낙비였는지 잠시 요란스럽게 내리던 비는 어느새 그쳤다. 우리가 랑탕 계곡 트레킹을 떠나기 전에 묵을 숙소는 네팔 현지에서 한인 여행사를 운영하는 장 사장의 집이었다. 김 선배는 장 사장과 오랜 친분이 있었다. 예전에 히말라야 프로그램을 제작할 때 인연을 맺었다고 했다.

　　저녁 메뉴는 뜻밖에도 냉이 된장찌개였다. 카트만두에서 냉이 된장찌개를 다 먹다니. 게다가 장 사장 부인의 음식 솜씨는 참으로 훌륭했다. 서울에서 먹는 것보다 더 맛있었다. 저녁을 먹고 나니 긴장이 풀려서인지 피곤이 몰려왔다. 우리는 일찍 잠자리에 들기로 했다.

　　"내 안의 신이 당신 안의 신께 경배를 드립니다."

　　공항에서 가이드가 말라를 걸어 주며 했던 인사말 '나마스테'의 의미를 떠올려 봤다. 한국에 있을 때도 나는 그것이 인도나 네팔 사람들이 만나거나 헤어질 때 사용하는 인사말이라는 정도는 알고 있었다. 책임 프로듀서로 있었던 〈인간극장〉이라는 프로그램 덕분이었다.

　　〈인간극장〉 제작 과정에서 나는 주로 편집 등 후반 작업에 관여했는데, 매회 부제를 결정하는 것도 주요 임무 중 하나였다. 시청자의 눈길을 끌 수 있으려면 최대한 매력적인 부제를 생각해 내야 한다. 하지만 그건 말처럼 쉬운 일이 아니다. 때로는 몇 시간씩 머리를 쥐어짜야 할 때도 있었다.

몇 년 전 산악인 엄홍길 씨가 우리 프로그램에 출연한 적이 있었다. 엄홍길 대장과 '서울 나눔 클라리넷 앙상블' 단원들이 네팔 오지의 한 초등학교 준공식에서 작은 음악회를 연다는 내용이었다. 나는 그 프로그램의 부제를 '엄홍길의 약속, 나마스테'로 하자고 제안했다. '나마스테'라는 말보다 더 좋은 단어가 생각나지 않았기 때문이다.

당신 안에도 내 안에도 신이 존재한다는 믿음, 이때의 신은 어쩌면 우리 내면에 있는 가장 정결한 영혼을 의미하는 것이 아닐까?

힌두교의 인사말 '나마스테'는, 내가 당신보다 나을 것이 없고 우리는 모두 삶의 정신과 신성한 불꽃을 품은 평등한 인간이라는 뜻이다.

_시어도어 젤딘, 『인생의 발견』

낚싯바늘에 걸려 있던 물고기

해외 여행지에서 첫날은 대개 잠을 설치게 마련이다. 카트만두에서도 예외 없이 자다가 깨다가를 몇 번씩 되풀이했다. 우리가 묵었던 장 사장의 집은 고급 주택가에 있었기 때문에 소음도 거의 없었고 잠자리가 편했음에도.

결국 새벽 5시 반쯤 더는 잠을 청하지 않고 자리에서 일어났다. 따뜻한 물로 샤워를 하면 몸이 좀 개운할 것 같았다. 그런데 욕실에는 더운물이 나오지 않았다. 안 그래도 가급적 물을 아껴 써 달라는 얘기를 들었던 터였다. 네팔의 전기와 수도 사정이 좋지 않기 때문이었다. 간단히 세수만 하고 욕실을 나와 창밖을 보니 날이 밝아 오고 있었다.

4월 초, 아직은 이른 봄이었다. 창문을 통해 들어오는 공기가 제법 차가웠다. 푸른 하늘과 이름 모를 새들의 지저귐, 네팔에서 맞는 첫 아침이었다.

태양은 날마다 새롭다.

_헤라클레이토스

아침 식사 후 김 선배가 카트만두 시내를 둘러보자고 했다. 다음 날 아침 일찍 랑탕 계곡 트레킹을 떠나려면 휴식이 중요하기 때문에 카트만두의 번화가인 킹스 로드Kings Road와 타멜 거리Thamel Chowk 정도만 돌아보기로 했다.

방콕Bangkok에 카오산 로드Khaosan Road가 있다면 카트만두에는 타멜 거리가 있다. 타멜 거리는 네팔 현지인보다 외국인이 더 많은 곳, 이른바 여행자들의 거리이다. 타멜 거리는 우리가 묵고 있는 장 사장의 집에서 꽤 떨어져 있었으나 택시를 타지 않고 걸어서 가기로 했다.

음울한 회색빛 도시. 카트만두에서 받은 첫인상이다. 전날 내린 소낙비로 카트만두 시내의 공기가 깨끗할 것이라고 예상했지만, 그 예상은 보기 좋게 빗나갔다. 먼지 풀풀 나는 도로에는 차와 오토바이, 그리고 사람들이 한 데 얽혀 제각기 길을 가고 있었다.

횡단보도에는 대부분 신호등이 없었고 차선은 지워진 지 이미 오래인 듯했다. 자연스럽게 의사소통은 '빵빵'거리는 경적 소리에 의존할 수밖에 없다. 먼지와 소음과 무질서. 그야말로 카오스, 혼돈의 세계였다. 그런 혼란 속에서도 교통의 흐름이 유지될 수 있다는 것이 신기할 따름이었다.

혼잡스럽고 먼지 많은 도시에서도 김 선배와 나의 여행 방법은 주

스와얌부나트 사원의 스투파.
카트만두 시내에 있는 스와얌부나트는
네팔에서 가장 오래된 불교 사원이다.

로 걷는 것이었다. 우리 둘 다 어떤 도시를 제대로 느끼기 위해서는 걷는 것이 가장 좋은 방법이라고 믿는 까닭이다.

> 어떤 도시에 대한 참다운 인식은 오직 육체를 통해서만, 기분 내키는 대로 거리를 걷는 걸음을 통해서만 가능하다.
>
> _다비드 르 브르통, 『걷기 예찬』

타멜 거리는 이미 외국인 여행자로 북적대고 있었다. 다들 편한 옷차림에 표정 또한 자연스럽고 여유가 있어 보였다. 그러나 잠을 설친 탓인지 거리 구경이 별로 흥미롭지 않았다. 등산용품점과 서점, 캐시미어 제품을 파는 상점 등 몇 군데를 대충 둘러본 후 근처 카페로 들어갔다. 제법 큰 정원이 딸린 카페였다.

바로 옆 길거리엔 뽀얀 먼지가 일고 있는데 카페 정원의 공기는 의외로 쾌적했다. 서울의 미세먼지와는 달랐다. 서울에 미세먼지가 있는 날이면 세상이 온통 희뿌옇게 변했지만, 카트만두는 큰길에서 조금만 벗어나도 공기가 맑고 깨끗했다. 겨우 몇 발짝을 사이에 두고 전혀 다른 세상이 펼쳐졌다. 카페 정원에 앉아 커피를 한 모금 마시자 마음이 조금 차분해졌다.

김 선배와 나는 트레킹에 대한 구체적인 얘기를 나누었다. 원래 계획대로 히말라야 트레킹 세 코스를 한 달간 계속 걷는 것은 무리라는 결론을 내렸다. 산속에선 몸도 힘들고 먹는 것도 부실할 텐데 이 기간이 너무 길어지면 트레킹이 즐거울 수 없을 것이기 때문이었다. 에베레스트 코스는 과감하게 포기하기로 했다.

에베레스트 코스에서는 엄홍길 대장과 함께하는 의료봉사팀의 일정에 맞춰 우리가 합류하기로 되어 있었다. 엄홍길 대장과 김 선배는 매우 가까운 사이이다. 그러다 보면 자칫 우리가 의료봉사팀에게 부담이 될 수도 있다는 게 김 선배의 판단이었다. 그건 나 역시 원하는 바가 아니었다. 혹여 폐를 끼치기보다는 우리끼리 마음 편히 움직이자는 쪽으로 가닥을 잡았다.

김 선배는 먼저 랑탕 계곡 트레킹을 끝내고 포카라로 이동하자고 했다. 포카라에서 충분히 휴식을 취한 후 안나푸르나 베이스캠프에 오르는 것을 최종 목표로 하자는 것이었다. 원래 계획보다 일정이 훨씬 느슨해졌으나, 나는 대찬성이었다. 마음이 한결 홀가분했다. 공군 사관후보생 시절, 저녁 식사 후 예정돼 있던 구보 훈련이 취소됐을 때와 같은 심정이었다. 그동안 세 코스를 다 걷는 것에 대한 부담감이 은근히 컸던 모양이다.

낚싯바늘에 걸려 있던 물고기가 풀려난 것처럼
마음이 문득 자유로움을 얻었다.

_소동파, 「기유송풍정」

여행자들의 천국, 타멜 거리. 호텔, 레스토랑, 카페, 슈퍼 등 여행자를 위한 각종 편의 시설이 몰려 있다.

2장

천상의 화원, 랑탕 계곡

잠을 잔다는 것, 그것은 결코 하찮은 기술이 아니다.

_니체, 『차라투스트라는 이렇게 말했다』

믿지 말자, 사진발

입사 초의 일이다. 편집하느라 밤을 꼬박 새우고 새벽이 되어서야 편집실을 나왔다. 회사 복도에서 어떤 이가 인사를 했다. 잘 모르는 얼굴이었다. 나도 얼결에 눈인사를 건네긴 했으나 누군지는 얼른 생각나지 않았다. 뒤늦게야 후배 아나운서라는 걸 깨달았다. 아직 방송 전이라 화장을 하지 않은 얼굴, 이른바 '민낯'이었던 것이다.

우리가 TV를 통해 보는 것은 대부분 화면발인 경우가 많다. 크고 화려한 세트나 멋있어 보이는 출연자도 사실은 화장발, 조명발, 카메라발에 힘입은 바 크기 때문이다. 그래서 이런 말이 나왔는지도 모른다.

"속지 말자, 화장발. 다시 보자, 조명발. 믿지 말자, 사진발."

2018년 4월 4일, 아침 일찍 네팔인 가이드와 포터 두 명이 숙소로 찾아왔다. 8박 9일 트레킹 기간에 동고동락할 사람들이었다. 그들은 인사를 나누자마자 우리가 가지고 갈 카고백Cargo Bag 두 개를 6인승 지프에 실었다. 이런 가방이 있다는 걸 네팔 여행에서 처음 알았다. 카고백은 군용 더블백Double Bag과 비슷하게 생겼는데, 더블백이 세로로 짐을 포개 담는 데 비해 카고백은 가로로 길게 짐을 담는 형태였다. 카고백 한 개에 담긴 짐의 무게는 약 15킬로그램이었다. 포터 한 사람이 지기에 무난한 무게라고 했다.

아침 식사는 달리는 차 안에서 삶은 달걀 하나와 바나나로 때웠다. 우리 일행을 태운 지프가 카트만두 시내를 벗어나자 곧 비포장도로가 나타났다. 흙먼지가 풀풀 이는가 싶더니 또 어느 구간은 심한 진흙탕이었다. 운전기사가 용을 쓰며 진흙탕을 가까스로 벗어나면 자갈밭이 나왔다.

네팔의 도로 사정은 참으로 열악했다. 랑탕 계곡으로 가는 길은 비포장도로가 대부분이었고, 포장된 도로라 할지라도 많은 구간이 심하게 훼손돼 있었다. 그러다 보니 차는 덜컹덜컹 요동치고 차 안에 있는 사람들까지 덩달아 춤을 추게 된다. 타이어에 펑크가 나지나 않을지 걱정될 지경이었다.

차창 밖에는 산비탈을 따라 계단식 밭이 펼쳐지고 있었다. 나름대로 이국적인 풍경이긴 했으나 예전에 발리Bali의 우붓Ubud에서 보았던, 야자수와 푸른 논밭이 어우러져 싱그럽게 펼쳐지던 윤기 있는 모습은 아니었다. 높은 지대에 있으니 아마도 물 대기가 어려워서일 것이다. 한눈에 보아도 척박한 땅, 그곳은 아름다운 자연이 아니라 그저 농부들의 땀과 고단함이 배어 있는 삶의 터전일 뿐이었다.

한참을 가다 보니 이번에는 천 길 낭떠러지 계곡이었다. 아찔했다. 차라리 눈을 감는 게 속 편할 정도였다. 주식 시황이 좋지 않을 때 그걸 보면서 속 끓이느니 차라리 보지 않는 게 속 편한 것처럼.

"아마 오늘이 우리의 트레킹 일정 중 가장 힘든 날이 될 겁니다."

김 선배의 농담이었다. 아닌 게 아니라 비포장도로를 몇 시간씩 달린다는 것은 트레킹 못지않게 힘든 일이었다. 몸만 힘든 게 아니었다. 잔뜩 긴장하고 있으니 마음도 덩달아 힘들었다. 트레킹을 시작하기도 전에 진이 빠질 것 같았다. 카트만두 시내를 떠난 지 두 시간쯤 됐을까, 가느다란 빗방울이 떨어지기 시작했다. 덕분에 먼지가 일지는 않았다. 차창을 통해 들어오는 바람도 상쾌했다.

가는 길 내내 우리가 탄 지프는 덜컹거리며 곡예를 계속했다. 지루하고 힘들었다. 어디서 좀 쉬어 가기라도 하면 좋겠다는 생각이 들었다. 운전기사는 조금만 더 가면 경치 좋은 휴게소가 있다고 했다. 낯선 산중에 추적추적 비는 내리고 여정에 지친 나그네는 문득 당나라 때 시인 두목의 시를 떠올린다. 그러고 보니 내일이 바로 청명이다.

청명이라 가랑비 자욱이 날리는데
길 가는 나그네 넋이 끊어질 듯
근처에 주막이 있는가 물으니
목동은 멀리 살구꽃 피는 마을을 가리킨다

_두목, 「청명」

꼬불꼬불 산길을 따라 곡예를 하듯 달리던 지프가 트리슐리Trisuli라는 마을에 도착했다. 우리나라의 간이 휴게소 같은 곳이었다. 김 선배와 나는 커피 한잔을 마시며 숨을 돌렸다. 허름해 보이는 식당 뒤쪽에는 나름대로 정성 들여 가꾼 정원이 있었다. 정원에서 맞은편 산을 보니 구름이 걸려 있는 높은 산봉우리 밑으로 마을이 형성돼 있었다. 산자락을 따라 높고 낮은 집이 레고 블록처럼 서 있는 모습은 카트만두와 비슷했다. 집들은 대부분 갈색 톤이었는데, 우중충하고 금방이라도 무너져 내릴 듯 불안정해 보였다. 이 사람들은 왜 이런 산속에다 집을 짓고 살 생각을 했을까.

트리슐리에서 한숨 돌리고 나니 그새 익숙해져서인지 이후부터는 덜 힘든 것 같았다. 여기서부터는 길도 포장도로가 더 많았다. 얼마 지나지 않아 랑탕 국립공원Langtang National Park을 알리는 표지판이 보이기 시작했다.

우리를 태운 지프가 둔체Dhunche라는 마을에 들어서려고 할 때였다. 군인들이 차를 세우고 검문을 했다. 체크 포인트Check Point였다.

엎어진 김에 쉬어 간다고 잠시 차에서 내려 기지개도 한 번 켜 보고 화장실도 다녀왔다. 검문은 오래 걸리지 않았다. 카고백을 한 번 열어 본 게 전부였다. 내 짐을 조사하던 군인이 투명한 플라스틱 용기에 담겨 있는 멸치볶음을 보더니 뭐냐고 물었다. 고추장으로 빨갛게 버무린 멸치볶음이 이상하게 보였나 보다. 옆에 서 있던 포터가 거침없이 대답했다.

"김치."

영문은 잘 모르겠지만 그 한마디로 검문은 끝났다. 우리를 태운 지프는 또다시 덜컹거리며 굽이굽이 산길을 따라 달렸다. 우리네 인생인들 어디 먼 길 떠나는 이가 탄탄대로만을 고집하겠는가.

기쁨이라는 것은 언제나 잠시뿐, 돌아서고 나면
험난한 굽이가 다시 펼쳐져 있는 이 인생의 길

_이정하,「험난함이 내 삶의 거름이 되어」

잠시 후 드디어 목적지가 눈앞에 나타났다. 랑탕 계곡 트레킹의 시작점, 샤브루베시Syabrubesi다. 카트만두에서 지프로 꼭 여섯 시간이 걸렸다. 그나마 비싼 돈 들여 지프를 빌렸기에 이 정도였다. 로컬 버스를 이용하면 여덟 시간 이상 걸리는 길이다. 그 험한 길을 달려 무사히 도착한 것만으로도 히말라야의 신에게 감사할 일이었다.

샤브루베시는 해발 1,460미터의 고지대에 있는 도시다. 우리가 도착했을 때는 거리가 무척이나 한산하고 조용했다. 가끔 로컬 버스와 화물 트럭이 들고 나는 게 전부였다. 울긋불긋 요란하게 치장한 화물 트럭들은 티베트Tibet까지 오가는 듯했다. 샤브루베시는 티베트와 근접해 있는 교통의 요지인 만큼 예로부터 국경무역이 성행했던 곳이라고 했다.

로지lodge는 대부분 마을 입구에 몰려 있었다. 길 양쪽으로 죽 늘어선 로지와 흔하게 볼 수 있는 외국인 트레커들의 모습은 샤브루베시가 트레킹의 도시임을 말해 주었다. 우리 일행은 가이드가 안

샤브루베시의 마을 풍경. 티베트와 근접해 있는 샤브루베시는 랑탕 계곡 트레킹의 시작점이다.

내해 주는 대로 숙소를 정했다. 화장실 딸린 방이 1박에 8,000원 정도였다. 숙박비가 싼 만큼 내부 시설은 기대할 만한 게 못 된다. 방에는 침대 하나만 달랑 놓여 있었고 이불은 아예 없었다. 화장실 변기는 수세식의 형태를 갖추었으나 볼일을 본 후에는 물을 두어 바가지쯤 퍼부어야 마무리가 됐다.

나는 서울에서 히말라야 트레킹을 준비하면서 인터넷이나 여행 책자 등에 나와 있는 샤브루베시의 로지 사진을 본 적이 있다. 그때는 '오, 이 정도면 괜찮은걸' 하면서 만족스럽게 생각했는데, 막상 실제로 와서 보니 사진과는 전혀 딴판이었다. 책에서 본 건 다 사진발이었다.

사진발은 대체로 믿을 게 못 된다. 사진은 종종 우리에게 속임수를 쓰기 때문이다. 삶이 가끔 우리를 속이듯이.

히말라야 체질

네팔 음식에 대한 첫인상은 그리 나쁘지 않았다. 나는 본격적인 랑탕 계곡 트레킹을 시작하기 전에 잠시 머물렀던 샤브루베시에서 네팔 음식을 처음 먹었다. 덜컹거리는 지프에 몸을 싣고 먼 길을 달려왔던 날, 점심으로 볶음밥과 마늘 수프를 주문했다. 마늘 수프는 고산병 예방에 도움이 된다고 해서 일부러 선택한 메뉴였다. 다소 생소한 맛이지만 먹을 만했다.

저녁엔 네팔인의 주식인 달밧Dhal Bhat과 감자 수프를 선택했다. 찰기 없는 쌀밥과 녹두죽, 그리고 짠지 등이 달밧의 기본이다. 로지 주인의 음식 솜씨가 좋은 건지 그것도 내 입맛에는 잘 맞았다. 그 자체만으로도 괜찮았는데 서울에서 준비해 갔던 고추장 볶음을 곁들이니 또 별미였다. 달밧을 무척이나 맛있게 먹는 나를 보며 김 선배가 놀렸다.

"뭐 완전히 히말라야 체질이네."

네팔인의 주식 달밧. 쌀밥과 녹두죽,
짠지 등이 가장 기본적인 달밧이다.
처음엔 맛있게 먹었으나 시간이 지날수록 달밧을 먹는 게 고역이었다.

히말라야 체질이라는 게 따로 있을까마는 평소에도 나는 어느 나
라 음식이든 비교적 잘 먹는 편이다. 이를테면 동남아를 여행할 때,
한국인이 흔히 현지 음식에서 빼 달라고 하는 고수에 대해서도 나는
전혀 거부감이 없다. 이국적인 음식을 보면 그걸 피하기보다는 어떤
맛일지 호기심을 가지고 먹어 보는 편이다. 물론 처음부터 그랬던
것은 아니다. 나름대로 혹독한 대가를 치른 후 갖게 된 식습관이다.

30여 년 전, 나는 파리에서 9개월 동안 연수받을 기회가 있었다.

그때까지만 해도 나는 내 나이 또래의 남자들 대부분이 그랬듯이 빵이나 스파게티로 한 끼라도 때우면 큰일이 나는 줄 알았다. 먹는 것에 관한 한 전형적인 토종 한국 남자였다. 당연히 파리에는 내가 먹을 만한 게 별로 없었다. 바게트는 생각보다 딱딱했고 프랑스 치즈는 냄새가 역겨웠으며 커피는 너무나 썼다. 그렇다고 레스토랑을 자주 이용하기에는 지갑이 가벼웠다.

아쉬운 대로 햄버거를 파는 버거킹이나 맥도날드 같은 데라도 있으면 좋을 것 같았다. 한국에 있을 때는 햄버거를 거의 먹지 않았는데 궁하다 보니 그런 생각마저 들었다. 그러나 당시 파리 시내에는 그런 패스트푸드 체인점이 거의 없었다. 한동안 고생을 하다가 겨우 내 입맛에 맞는 프랑스 음식을 찾아낸 게 '크로크 무슈Croque-monsieur'였다. 물론 그것도 빵이지만 그나마 좀 부드러웠다. 적어도 한 달 이상을 크로크 무슈와 콜라 한잔으로 점심을 때웠던 것 같다.

한마디로 삶의 질이 형편없었다. 사람이 몇 달 동안이나 제대로 먹지 못하고 살다 보면 어느 순간인가부터는 먹지 않던 음식에도 손을 대게 마련이다. 그러다 보면 먹을 수 있는 음식의 폭이 서서히 넓어진다. 프랑스 치즈라면 손사래를 치던 사람이 나중에는 카망베르Camembert, 브리Brie, 콩테Comté 등 종류별로 음미하며 그 맛을 즐기게 된다. 나는 그때 깨달았다. 맛이라는 것도 결국은 훈련하기에 달려 있다는 것을.

나는 훈련 덕택으로 맥주 이외에 사람이 먹을 수 있는 것이라면

무엇이든 가리지 않고 먹을 수 있게 되었다. 물론 약간의 어려움이 없었던 건 아니지만.

_몽테뉴, 『에세』

내 딸 화연이가 다섯 살 때쯤의 얘기다. 우리 가족이 기차를 타고 어디론가 여행을 떠나던 중이었다.

"도시락이 왔습니다. 도시락."

기차에 오른 지 얼마 되지 않아 도시락 파는 이가 우리 쪽으로 다가왔다.

"엄마, 우리 저거 사 먹자."

화연이가 눈을 반짝이며 아내에게 말했다.

"어머 얘는, 기차 타기 전에 밥 먹었잖아."

단칼에 거절당한 화연이의 표정이 시무룩해졌다. 그러더니 풀죽은 목소리로 혼잣말을 했다.

"밥이 얼마나 맛있는데."

몇 년 전부터 나도 입맛이 부쩍 좋아졌다. 정말 밥이 얼마나 맛있는지 모른다. 예전에 화연이가 했던 말이 바로 이런 뜻이었구나 하고 새삼 느끼고 있다. 그때 어린 딸아이에게 핀잔 줄 일이 아니었다. 네팔 여행을 떠나기 전 친구와 북한산 둘레길을 걸으면서 이런 얘기를 했더니 그는 좀 의아해했다. 자신은 오히려 예전보다 입맛이 떨어지는 것 같다고 했다. 그러나 나는 나이가 들수록 입맛이 좋아지고 먹는 일이 즐거워졌다.

나는 히말라야 트레킹을 할 때도 먹는 일만큼은 전혀 문제가 되지 않으리라 생각했다. 하지만 그건 오산이었다.

습관은 판단력의 눈을 잠들게 한다.

_몽테뉴, 『에세』

히말라야의 로지에는 예상보다 훨씬 다양한 음식이 준비돼 있었다. 볶음밥, 볶음국수, 만두, 샌드위치, 피자, 스파게티 등 말만 들어도 입에 침이 고이는 메뉴들이 있다. 그러나 그 음식은 대부분 우리가 기억하고 있는 그 맛이 아니다. 산속에선 아무래도 식재료가 빈약하고 조리사의 솜씨 또한 기대하기가 어렵기 때문이다. 메뉴에 피자가 있다고 해서 서울에서 먹던 피자 맛을 기대해서는 안 된다.

한번은 김 선배가 점심 메뉴로 피자와 사이다를 주문하기에 나는 스파게티와 콜라를 주문했다. 피자와 스파게티, 누가 봐도 괜찮은 조합이었다. 서로의 음식을 조금씩 나눠 먹으면 더없이 훌륭한 식사가 될 터였다. 그런데 막상 음식이 나왔을 때 나는 갑자기 식욕이 사라지고 말았다. 야크Yak 치즈가 아닐까 싶었는데, 냄새가 무척이나 역겨웠다. 결국 콜라만 마시고 음식에는 거의 손도 대지 못했다.

나는 히말라야 체질이 아니었다. 처음에만 달밧을 맛있게 먹었을 뿐 그것도 서너 번 먹다 보니 곧 진력이 났다. 고산병에 좋다고 챙겨 먹던 마늘 수프도 얼마 안 가 싫증이 났다. 평소 맛은 곧 훈련이라고 믿었는데, 그 믿음마저 깨졌다. 시간이 지나면 좀 익숙해질까 했는데 오히려 갈수록 더 힘들어졌다. 집에서 준비해 간 고추장 볶음도 별 도움이 되지 않았다. 고도가 높아질수록 입맛이 떨어지는 게 아닌가 싶었다.

먹는 일로 고생하기는 김 선배도 마찬가지였다. 그는 평소 이 세상 음식에는 딱 두 가지만 있을 뿐이라고 얘기하는 사람이었다. 아주 맛있는 음식과 그냥 맛있는 음식. 그런 그 역시 먹는 일을 힘들어했다. 나만큼은 아니었지만.

내가 음식을 제대로 먹지 못할 때면 가이드는 걱정스러운 표정으로 나를 바라봤다. 그럴 때마다 괜찮다며 씩 웃어 보였지만 밥을 제대로 못 먹는다는 건 사실 즐거운 일이 아니었다. 히말라야는 거의 매일 나에게 도전 과제를 하나씩 주었는데, 가장 큰 것은 먹는 일이었다.

만일 음식 먹는 동안 유쾌한 한때를 보낼 수 없다면 도대체 언제 즐길 수 있겠는가.

_린위탕, 『생활의 발견』

화장실이 편해야

히말라야의 큰길은 대개 외길이다. 샛길은 별로 없다. 일단 걷고 싶은 코스를 선택했다면 그 후부터는 목적지까지 그저 큰길만 따라 올라가면 된다. 이 과정에서는 당연히 외국인 트레커와도 마주치게 된다. 이때는 누구나 자연스럽게 인사말을 주고받는다.

"나마스테!"

때로는 이 길에서 무척 민망한 장면을 만나게 되기도 한다. 김 선배와 내가 이런저런 얘기를 나누며 걷던 중이었다. 바로 우리 눈앞에 허연 엉덩이가 두 개 보였다. 젊은 외국인 여성 두 명이 나란히 앉아 볼일을 보고 있었다. 어지간히 급했던 모양이었다. 그래도 그렇지, 큰길에서 조금만 더 안쪽으로 들어가 눈에 안 띄게 할 일이지, 지나가는 사람 무안하게. 그때 우리가 할 수 있는 일이라곤 최대한 빨리 그 자리를 지나치는 것뿐이었다.

문득 "화장실이 편해야 여행이 즐겁다"고 했던 한 친구의 말이 생각났다. 평소 신경이 예민하거나 장이 좋지 않은 사람들은 이 말에 크게 공감할 것이다. 소위 과민성대장증후군이 있는 사람들의 경우엔 더욱 그럴 것이다. 나도 그중 한 사람이다. 화장실을 하루에도 몇 번씩 갈 뿐만 아니라 설사도 자주 하는 편이다. 볼일을 편히 끝내지 못한 상태에서 길을 나서면 아랫배가 묵직한 게 기분이 영 찜찜하다.

본격적인 랑탕 계곡 트레킹을 앞두고 김 선배가 우리 일행에게 제시한 오전 트레킹 일정은 아침 6시 30분 식사, 7시 출발이었다. 히말라야 트레킹은 하루에 일곱 시간 정도를 걷는 게 보통이다. 네팔의 4월은 주로 오후 3~4시에 비가 내린다. 따라서 오전에 최대한 많이 걸어 둠으로써 비가 오기 전에 그날 트레킹을 마치자는 취지였다.

난 히말라야 트레킹 중에도 아침 식사 후에 화장실 갈 시간이 좀 더 필요했다. 나이 든 사람일수록 화장실은 갈 수 있을 때 가 두어야 한다. 그래야 마음 편히 길을 떠날 수 있다. 그러나 나 하나 때문에 출발 시간을 늦추자고 할 수는 없었다.

> 사람들의 신경은 튼튼해야 하고, 문제없는 아랫배를 가지고 있어야만 한다.
>
> _니체, 『이 사람을 보라』

우리 팀의 대장은 김 선배였다. 대장인 김 선배를 선두로 내가 그

뒤를 따르고 네팔인 가이드가 내 뒤를 따라왔다. 포터들은 일단 목적지가 결정되면 빠른 걸음으로 먼저 올라가서 우리를 기다리고 있었다.

랑탕 트레킹의 출발지에선 계곡을 따라 올라가는 길이 한동안 계속되었다. 오가는 사람은 거의 없고 계곡 물소리만 끊이지 않고 들려왔다. 호젓한 숲길엔 그늘이 드리워져 있어 따가운 햇볕을 피할 수 있었다. 길도 대부분 흙길이다. 걷기에 더없이 좋은 조건이었다. 상쾌한 기분으로 길을 걷다가 잠시 고개를 들어 하늘을 보면 멀리 설산이 보이지만, 그것이 나를 주눅 들게 하지는 않았다. 그 높은 곳까지는 올라갈 것이 아니므로. 트레킹의 주된 목적은 정상을 오르는 것이 아니다. 그저 자연을 감상하며 때로 생각에 잠기거나 걷기를 즐기면 그뿐이다.

> 상쾌한 숲속을 묵묵히 거닐면서 현명하고 선량한 인간에게 어울리는 생각에 깊이 잠긴다.
>
> _호라티우스

네팔에 오기 전, 히말라야 트레킹에 대한 막연한 두려움이 있었다. 잘 걸을 수 있을까 하는 걱정이었다. 그런데 막상 하루를 걸어 보니 걱정했던 만큼 힘들진 않았다. 굳이 비교를 하자면 북한산 둘레길의 두세 코스를 걸은 후 근처 봉우리에 한 번 더 올라갔다 내려오는 정도와 비슷하다고나 할까. 트레킹 자체는 그다지 어려운 일이 아니었다.

문제는 트레킹을 끝내고 로지에서 먹고 자는 일이었다. 로지라는 단어가 주는 느낌은 어딘지 모르게 낭만적이다. 혹자는 아늑한 산장의 이미지를 떠올릴지도 모른다. 그러나 히말라야의 로지는 전혀 그렇지가 않다. 좀 거칠게 말하면 추운 겨울날 산속에서 텐트를 치고 자는 것보다는 조금 낫다고 할 수 있다.

랑탕 계곡 트레킹 첫날, 우리는 림체Rimche라는 곳에 숙소를 정했다. 원래 계획대로라면 라마 호텔Lama Hotel이라는 곳까지 올라가야 했는데 하필 그곳에는 빈 방이 없었다. 우리가 묵기로 한 로지의 방은 어림잡아 한 평 정도 되는 것 같았다. 좁은 방에 침대 두 개가 약간의 간격을 두고 나란히 놓여 있었다. 그게 전부였다. 짐을 풀어놓을 공간도 옷을 갈아입을 만한 공간도 없었다. 최소한 화장실이라도 로지 내부에 있기를 바랐는데, 그 기대마저 어그러졌다.

밤에 화장실 갈 일이 걱정이었다. 나는 하룻밤에 적어도 두세 번은 화장실을 가기 때문이었다. 기분이 착 가라앉았다. 히말라야의 밤은 어둡고 길다. 그리고 춥다. 김 선배가 옆에서 자고 있으니 겉옷을 입기 위해 불을 켜는 것도 부담스럽고 부스럭거리며 들락날락하는 것도 신경 쓰이는 일이었다.

평소 나는 잠을 잘 자는 사람이다. 어떤 이는 나이가 들수록 잠이 없어진다고 하던데 이것만으로 보면 난 아직 젊은가 보다. 한밤중에 소변이 마려워 자다 깨더라도 거의 몽유병 환자처럼 일어나서 화장실을 다녀온 후 침대에 쓰러져 곧바로 다시 잠이 든다.

랑탕 계곡 최악의 숙소였던 림체의 로지와 당나귀. 위쪽으로 노란색 문이 달린 화장실이 보인다.

그러나 로지는 사정이 달랐다. 쉽게 잠이 올 것 같지도 않았지만 혹 잠이 든다 해도 얼마 못 가 깰 게 분명했다. 화장실을 가야 하니까. 화장실에 가기 위해서는 밖으로 나가야 한다. 그러다 보면 잠은 달아날 게 분명했다. 예전의 우리네 할머니, 할아버지가 요강을 사용했던 이유가 절로 이해되었다. 손윗동서가 산에 올라갈 때 요강 대용으로 쓸 만한 것을 가져가라고 했던 조언도 귓등으로 흘릴 얘기가 아니었다.

나는 밖으로 나가 밤하늘을 바라보았다. 누군가는 히말라야에 가면 밤하늘에 별이 쏟아질 것 같다고 했는데, 그날 밤엔 별도 많지 않았다. 그저 춥기만 했다. 주위는 칠흑같이 어둡고 고요했다. 작은 손전등의 불빛에 의지해 화장실을 다녀온 후 방에 들어가 잠을 청했다. 역시 잠은 오지 않았다. 잠을 못 이루니 기나긴 밤이 괴롭기만 했다.

다음 날 아침, 나는 가이드에게 특별히 한 가지를 부탁했다. 앞으로 우리가 묵을 숙소에 화장실만큼은 꼭 건물 내부에 있었으면 한다고. 화장실 때문에 잠을 설치고 나면 다음 트레킹 일정도 힘들어질 것이기 때문이었다.

어떤 이에게는 지극히 사소한 일이 누군가에게는 마음 불편한 일이 되기도 한다. '화장실이 편해야 여행이 즐겁다'는 건 괜한 말이 아니었다. 우리는 아주 작은 것에서 불행을 느끼기도 하고 행복을 느끼기도 한다.

인간의 행복은 생각하는 것보다 더 많이 생리적인 것에 달렸다.
소박한 결론이지만 나는 그것을 믿지 않을 수 없다.

_버트런드 러셀, 『나는 무엇을 위해 살아왔는가』

모든 시작은 어렵다

히말라야의 어떤 코스든 마찬가지겠지만, 봄철 랑탕 계곡에서는 하루에 사계절을 다 만날 수 있다. 아침과 저녁엔 선선하나 낮엔 덥고 밤엔 춥기 때문이다. 아침에 출발할 땐 긴 소매 셔츠에 가벼운 재킷을 입었다가 오후엔 재킷을 벗고 걷는다. 그랬다가도 하루 트레킹 일정을 마치고 로지에 도착한 후에는 방한복에 방한모까지 써야 한다.

"히말라야 트레킹에서는 벗고 입는 기술이 무엇보다 중요합니다."

자신의 말을 증명이라도 하듯 김 선배는 벗고 입고 쓰는 기술이 뛰어났다. 보온 재킷이나 넥워머Neck Warmer, 그리고 스카프와 털모자, 선글라스 등을 날씨에 따라 바꿔 가며 착용하는데 그 변신이 참으로 빠르고 자연스러웠다. 마치 얼굴에 손도 안 대고 가면을 바꾸는 중국의 전통극 변검을 보는 듯했다.

로지에서 저녁 식사를 마치고 나면 그 이후부터는 뭘 어떻게 해야 할지 통 엄두가 나질 않았다. 김 선배는 방한복으로 갈아입은 후

넥워머에 털모자까지 쓰고 일찌감치 침대에 누워 눈을 감고 있었다. 무슨 생각을 하고 있는지는 알 수 없으나 그 자세만으로도 트레킹 고수의 위엄이 느껴졌다.

나도 그를 따라 침낭을 펼치기는 했다. 그러나 나는 아직 침낭이 익숙하지 않고 불편하기만 했다. 우리 방과 다른 방 사이에 벽이라곤 합판 하나뿐이어서 코 고는 소리가 이쪽저쪽에서 들려왔다. 나도 자야 하는데, 그래야 다음 날 트레킹 일정에 차질이 없을 텐데. 이런 생각을 할수록 잠은 더 오지 않았다. 몸이 피곤한데도 잠은 오지 않으니 괴로움이 더했다. 잠 못 이루는 자에게 밤은 길기만 했다.

잠을 잔다는 것, 그것은 결코 하찮은 기술이 아니다.

_니체, 『차라투스트라는 이렇게 말했다』

김 선배는 네팔 여행을 떠나기 전 서울에서 내게 이런 말을 했다. 히말라야 트레킹은 '불편함을 즐기러 가는 여행'이라고. 그때 나는 그런 건 크게 문제가 되지 않을 거라고 장담했다. 그러나 막상 연이틀 잠을 설치고 나니 식욕도 떨어졌다. 무엇 때문에 이런 고생을 사서 하는 건지, 히말라야 트레킹을 따라나선 게 후회가 되었다. 트레킹을 중단하고 그만 내려가고 싶은 생각마저 들었다. 그러나 김 선배에게 차마 그런 얘기를 할 수는 없었다. 처음이라 힘들지 조금 지나면 괜찮아질 것이라고 나 자신을 다독였다. 고등학교 때 배웠던 속담 하나를 떠올리면서.

무릇 모든 시작은 어렵다.

_독일 속담

나는 비단 히말라야에서뿐만 아니라 인생의 여러 고비에서 이 말을 되새기곤 했다. KBS에 입사한 지 두 달이 채 못 된 시점에서 나는 PD라는 직업이 나와 어울리지 않는다는 걸 깨달았다. 처음부터 방송국 PD라는 직종에 뜻이 있었던 것도 아니고, 얼떨결에 PD가 되었으니 하는 일이 재미있을 리가 없었다.

사람이 자신의 일에서 보람을 느끼려면 우선 그것이 다른 어떤 일보다 매력적이고 중요하다고 믿어야 한다. 그리고 그것을 남보다 잘할 수 있어야 한다. 그러나 방송 일은 내가 좋아하는 일이 아니었고 의미 있는 일도 아니었다. 남보다 잘할 수 있는 일은 더욱 아니었다. 아무리 생각해도 PD는 내게 맞는 옷이 아니었다.

"가서 담배 하나 빼 와."

당시 PD 선배들의 말투는 대개 이런 식이었다. PD 사회는 원래 '도제 시스템'이라 그렇다고들 했다. 그렇게 부대끼면서 선배의 어깨너머로 방송을 하나씩 배워 나가는 것이라고. 그러나 내겐 그런 조직 분위기가 너무나 낯설었다.

소위 엔지니어들의 '곤조'라는 것도 당혹스럽기만 했다. 그들은 내가 방송 장비를 미숙하게 다루거나 하면 경멸의 눈빛을 보냈고, 스튜디오에서 혹 조명을 고려하지 않고 소품을 배치한다든가 하면 핀잔을 주기 일쑤였다.

"뭘 좀 제대로 알고 주문을 해야지."

그럴 때면 얼굴이 확확 달아올랐다. 편집실 옆을 지날 때마다 들려오는 기계음도 나를 주눅 들게 하기는 마찬가지였다. 나는 소위 기계치였기 때문이다. 스튜디오를 벗어나 야외촬영을 나가도 상황은 비슷했다. 내 역할이라는 건 겨우 무거운 트라이포드Tripod를 들고 촬영팀을 따라다니는 일이었다. 정말 자존심이 상했다.

회사를 그만두고 싶은 생각이 굴뚝같았다. 그런데 하필이면 그때 전세 사기를 당해 온 식구가 길바닥에 나앉게 될 수도 있는 어려운 상황이었다. 내가 아는 그리스어 중에 아포리아aporia라는 말이 있다. '길이 꽉 막혀 있거나 통로가 없는 경우'를 뜻하는 말이다. 당시의 나는 이러지도 못하고 저러지도 못하는, 그야말로 아포리아 상태에 있었다.

> 우리는 바람에 일렁이는 파도처럼 수많은 방식으로 외적 원인에 의해 휘몰리며, 우리 운명과 결과를 알지 못한 채 동요한다.
>
> _스피노자, 『에티카』

고민 끝에 옆자리의 조 선배에게 속내를 털어놓았다. PD 일이 도저히 적성에 맞지 않아 회사를 그만두어야 할 것 같다고. 그는 나보다 2년 반 정도 먼저 입사한, 인간미 넘치는 선배였다. 나는 조 선배 밑에서 신입 사원 OJT를 받았다. 〈퀴즈 탐험 신비의 세계〉라는 프로그램이었다. 그는 자신보다 세 기수나 아래인 나를 꼭 '대배 형'이라고 불렀다. 서열을 중시하는 PD 사회에서는 드문 일이었다.

입사한 지 몇 달도 안 되는 신입 사원이 회사를 그만두고 싶다니, 그에게는 내가 좀 황당하게 보였을지도 모르겠다. 조 선배는 자신의 홈그라운드라며 이태원 시장 골목의 허름한 음식점으로 나를 데리고 갔다. 자신도 처음에는 좀 힘들었으나 막상 지나고 보니 별거 아니더라면서 거듭 소주잔을 건넸다. 그는 자신이 2년 동안 익힌 노하우를 2주 만에 다 전수해 주겠노라고 호기롭게 말했다. 당시 나는 술을 거의 못 하던 때라 그가 따라 주는 소주가 맛있지도 않았고 그의 얘기가 귀에 들어오지도 않았다.

그날 밤 조 선배는 이런저런 얘기 끝에 매우 현실적인 대안을 하나 제시했다. 정 사표를 내고 싶으면 12월 연말 보너스라도 한 번 타 본 후에 내라는 것이었다. 아직 수습 딱지도 떼지 못했으니 지금 그만두면 월급 한 번 제대로 받아 보지 못하는 것 아니냐면서.

"대배 형, KBS 연말 보너스는 생각보다 많아요."

꼭 그 때문만은 아니었지만 나는 결국 KBS에 남아 그해 연말 보너스가 적지 않음을 확인했다. 물론 그렇게 하기까지에는 적지 않은 인내가 필요했다.

> *최고의 처세술은 참을 줄 아는 기술이며, 지혜의 절반은 참는 데 있다.*
>
> _에픽테토스

책을 짊어진 당나귀

히말라야의 로지는 대부분 씻을 곳이 마땅치 않다. 우리가 처음 묵었던 림체 로지의 마당 한쪽에는 세숫대야가 하나 놓여 있긴 했다. 대야에는 산에서 흘러내리는 물이 항상 가득 차 있었다. 그러나 김 선배와 나는 그냥 물티슈를 사용했다. 물이 차가워서이기도 했고 씻는 게 귀찮아서이기도 했다. 온종일 트레킹을 하면서 흘린 땀을 닦는 데는 물티슈 몇 장이면 충분했다. 머리는 아예 감지 않았다. 고도가 높은 곳에서 머리를 감으면 급격한 체온 변화로 인해 위험할 수도 있다고 해서였다.

몸을 대충 닦은 나는 보온 재킷으로 갈아입고 밖으로 나왔다. 좁은 방이 갑갑했기 때문이었다. 방문을 등지고 땅바닥에 앉아 맞은편 산을 바라보았다. 해가 뉘엿뉘엿 지고 있는데 어디선가 딸랑딸랑 방울 소리가 들려왔다. 당나귀 무리였다. 평소 그 로지의 마당으로 종종 지나다녔는지 길이 익숙한 듯 어떤 놈은 가던 걸음을 멈추고 마당의 풀을 뜯기 시작했다. 또 다른 놈은 대야에 있는 물을 마시기도 했다.

히말라야 트레킹을 하면서 가장 많이 만나게 되는 동물 중 하나가 바로 당나귀다. 히말라야에서 당나귀는 매우 유용한 운송 수단이다. 몸집이 작은 데 비해 힘이 세기 때문이다. 산기슭을 걷다 보면 등에 짐을 가득 실은 당나귀가 방울 소리를 딸랑이며 다가오는 모습을 흔히 마주치게 된다. 당나귀들이 이동하는 모습은 때로 푸른 하늘과 산, 바위 등 주변 풍경과 어우러져 멋진 장면을 연출하기도 한다. 그러나 그건 어디까지나 사람의 관점에서 하는 생각이고, 실상 당나귀는 한평생 무거운 짐을 등에 지고 다녀야 하는 가련한 존재일 뿐이다.

나는 히말라야 트레킹을 앞두고 친한 친구와 함께 매주 북한산 둘레길을 걸었다. 둘이서 산길을 걷다 보면 온갖 얘기를 다 하게 된다. 세상 돌아가는 이야기와 가정사 등이 주된 소재였지만 때로는 몽테뉴 같은 철학자 얘기를 하기도 했다. 우리는 그때 몽테뉴의 『에세』를 돌려 가며 읽고 있었다. 두 사람 모두 몽테뉴의 견해에 전적으로 공감했다.

'어떻게 하면 나는 자유롭게 남아 있을 수 있을까?'

흔히 『수상록隨想錄』이라고 불리는 몽테뉴의 『에세』는 어찌 보면 '나다움을 지키는 기술'에 관한 책이라고 할 수 있다. 즉 '자기만의 삶'에 관한 얘기다. 젊었을 때는 이 책이 좋은 줄 몰랐는데, 어느 정도 나이가 들고 보니 몽테뉴가 보이기 시작했다. 이런 책은 인생에서 시련이나 좌절을 겪어 본 후에야 더 절실하게 읽히는 것인가 보다.

몽테뉴는 무엇보다 소크라테스Socrates나 플라톤처럼 근엄하지 않아서 좋다. 훨씬 더 인간적이다. 『에세』에는 다른 철학자의 책과는 달리 추상적인 개념이나 뜬구름 잡는 얘기가 없다. 다 현실적인 얘기들이다. 그것은 몽테뉴가 다양한 자신의 모습을 솔직하게 털어놓기 때문이다. 그의 얘기를 따라가다 보면 그 속에서 문득문득 나 자신을 발견하게 된다.

'책을 짊어진 당나귀.'

특히 그건 내 얘기였다. 내 아픈 데를 콕 찌르는 말이었다. 이 말은 『탈무드Talmud』에도 나오는데, 어려서부터 책만 많이 읽고 판단력이나 창의성을 키우지 않으면 결국 '책을 짊어진 당나귀'에 불과한 존재가 될 것이라는 경고다. "위장에 고기를 가득 채운다 한들 그것을 소화할 수 없다면 무슨 소용이 있겠냐"는 얘기다.

> *책에만 의존한, 책에서 한 걸음도 나아가지 못한 지식은 얼마나 열등한 것인가?*
>
> _몽테뉴, 『에세』

얼마 전에 "지식만 달달 외우는 한국 학생들, 글로벌 기업이 외면"이라는 제하의 신문 기사를 읽은 적이 있다. 교과서 지식만 달달 외워도 먹고 살 수 있던 시대는 지났으므로, 그 지식을 활용하고 다루는 능력을 키우지 않으면 경쟁에서 살아남을 수 없게 되었다는 취지의 기사였다.

　대학생들뿐이랴. 나는 나이가 들어서도 여전히 그 상태를 벗어나지 못하고 있다. 명나라 말기의 사상가 이탁오는 자신이 "나이 오십 이전에는 진실로 한 마리 개일 뿐이었다"고 고백한 바 있다. "앞에 있는 개가 짖어대면 그 소리에 따라 짖어대는 것과 다름없었다"는 것이다. 그렇게 보면 나는 나이 육십에 이르러서도 여전히 한 마리 당나귀일 뿐이었다. 책을 잔뜩 짊어진.

　박람강기博覽强記. 동서고금의 서적을 널리 읽고, 그 내용을 잘 기억하고 있다는 뜻이다. KBS의 어떤 선배는 이 사자성어가 나와 잘 어울리는 것 같다고 했다. 내가 평소 책을 많이 읽는 건 사실이지만, 과찬의 말이다. 뭘 읽었는지 기억하는 건 책을 읽는 그때뿐이고 돌아서면 바로 잊어버린다. 나의 책 읽기는 어린아이가 바닷가에서 모래성을 쌓는 것과 같았다.

　설령 어떤 내용을 기억하고 있다고 한들 무슨 의미가 있을까. 그것은 "무엇인가를 안다는 뜻이 아니라, 그냥 무언가를 기억 속에 지니고 있다는 뜻"일 뿐인데. 나는 기억 속에 지니고 있던 것을 이곳에서 저곳으로 옮겨 나르기만 했을 뿐이다. 마치 당나귀처럼.

　　많은 공부와 지식이 곧 지혜로 연결되는 것은 아니다.

　　　　　　　　　　　　　　　　　　　　　　　　_헤라클레이토스

"그렇게 아름다운 말만 하지 말고 욕실 청소나 좀 하세요."

책을 짊어진 당나귀　*89*

언젠가 아들과 얘기를 나누던 중 그리스 현자의 말을 인용했던 적이 있는데, 그때 아내가 내게 한 말이다. 아, 아내가 보기에 나는 그저 "아름다운 말만 하는" 사람이었구나. 생각해 보니 영 틀린 소리는 아니었다. 나는 무엇보다 실천이 없었다.

문득 '오곡불분五穀不分'이라는 말이 생각났다. '오곡조차 구분할 줄 모른다' 즉 '사람이 아주 어리석다'라는 뜻이다. 이 말과 관련된 일화가 『논어』에 나온다. 공자의 제자 자로가 어쩌다 공자 일행을 놓쳐 뒤처졌다. 길에서 만난 한 노인에게 자로가 묻는다. 혹시 우리 스승님을 못 보셨냐고. 이때 노인장의 대답이 통렬하다.

> 손가락 하나 꿈쩍 안 하고 오곡도 분간 못 하는데, 누가 스승이란 말인가?
>
> _『논어』

"아비는 어째 책 같은 건 써 볼 생각을 않더라."

어머니께서는 가끔 지나가는 말처럼 이런 얘길 하셨다. 당신 보시기에 아들놈이 허구한 날 뭔가 읽는 것 같기는 한데 결과물은 하나도 없는 게 의아하신 모양이었다. 이따금 친구들도 비슷한 말을 하곤 했다. 책만 읽지 말고 한번 써 볼 생각을 하라고. 그럴 때면 갑자기 말문이 막힌다. 나는 책을 그저 재미로 읽지 어떤 목적을 가지고 읽는 게 아니라고 궁색한 답변을 내놓긴 하지만 내심 부끄러웠던 게 사실이다. 어떤 이들은 누에고치에서 명주실 뽑아내듯 책을 잘도 쓰던데 안타깝게도 난 그럴 만한 재주도 없었고 공부도 부족했다. 책을 많이 읽는다는 것과 책을 쓴다는 것은 전혀 다른 일이었다.

말을 탔다고 모두 기사는 아니다.

_프랑스 속담

비록 흔쾌히 따라나선 건 아니었지만 이번 네팔 여행에서는 이런 나 자신을 한 번쯤 돌아보고 싶었다. 나는 그동안 어떻게 살아왔는가? 앞으로 추구해야 할 '좋은 삶'이란 어떤 것일까? 그리고 실질적으로 퇴직 후 먹고 살 일에 대해서도 깊이 생각해 보고 싶었다.

걸으면서 틈틈이 사색의 시간을 갖는다는 건 히말라야 트레킹의 취지와도 잘 맞는 일일 터였다. 대신 책은 한 권도 가져가지 않기로 했다. '책을 짊어진 당나귀'가 그동안 짊어지고 있던 책을 모두 내려놓기로 한 것이다. 때로 굴레가 될 수도 있는 책에서 벗어나, 현자들의 권위에 기대어 아름다운 말만 늘어놓는 것이 아니라, 비록 거칠더라도 자신만의 소리를 낼 수 있는 당나귀로 변신하고 싶었다.

걸으면서 얻은 생각만이 가치가 있다.

_니체, 『우상의 황혼』

짐을 싣고 마니월 옆을 지나가는 당나귀가 하늘과 산, 구름 등과 어우러져 히말라야의 전형적인 풍경을 만들어
내고 있다.

랑탕 마을 가는 길

히말라야 트레킹이 꼭 힘들기만 한 건 아니었다. 좋은 점도 있다. 내 몸의 상태가 어떻든, 밤에 잠을 설쳤든 아침 식사를 제대로 하지 못했든, 일단 걷기 시작하면 다른 생각이 파고들 여지가 없다는 점이다. 그저 걷는 것에만 몰입하게 된다. 이래서 사람들이 히말라야를 찾는 건지도 모르겠다.

"아, 이 아침 햇살을 어찌할거나!"

앞에서 걷고 있던 김 선배의 입에서 절로 탄성이 나왔다. 랑탕 계곡의 아름다운 풍광은 트레커를 시인으로 만드는 모양이다. 힘차게 흐르는 계곡 물소리와 바람 소리 그리고 새들의 유쾌한 지저귐, 높은 산 흰 구름이 싱그러운 아침 햇살과 한데 어우러져 아름다운 풍경을 연출했다. 때는 봄이었다. 봄은 스무 살 젊은이에게만 아름답게 다가오는 것이 아니었다.

네팔의 국화, 랄리구라스가 군데군데 피어 있다.

향기로운 풀도 꽃 피울 생각하는데

아, 이 젊음을 어찌할거나

_설요, 「반속요」

랑탕 계곡을 따라 걷는 길, 해발 2,800미터 정도에 이르니 아침
햇살을 머금고 붉게 빛나는 랄리구라스가 군데군데 피어 있었다. 네
팔의 국화인 랄리구라스는 빨강, 분홍, 흰색 등 색깔이 다양하다. 랄
리구라스의 아름다운 모습에 취해 있다가 문득 고개를 들면 저 멀리
설산이 보였다. 설산은 장엄한 자태를 뽐내고 있었다. 산 아랫부분

이 흰 구름으로 둘러싸여 있어 더욱 신비로운 모습이었다.

"노 페인, 노 게인No pains, no gains."

소리 나는 곳을 향해 돌아보니 서양 젊은이들 둘이 내 뒤에서 이런 말을 나누며 올라오고 있었다. 학창 시절 영어책에서 배운 속담을 이런 산속에서 듣다니. 그래, 맞는 말이었다. 기쁨은 언제나 고통의 결실이다. 히말라야는 땀을 흘린 자에게 그에 상응하는 아름다운 풍광을 선사했다. 땀을 흘렸기에 바람이 시원한 것이고 꽃도 아름다운 것이었다.

해발 3,000미터 지점에 이르니 랄리구라스 군락지가 나왔다. 등산로에 상당히 넓은 공터가 하나 있었는데, 주위가 온통 랄리구라스 나무로 가득했다. 4월 초는 좀 일렀는지 아직 꽃이 활짝 피지는 않았다. 만일 그곳에 있는 랄리구라스꽃이 다 피었더라면 정말 '천상의 화원'이라는 찬사가 아깝지 않았을 것이다.

계곡 주위엔 푸른 하늘과 흰 구름, 그리고 설산을 배경으로 키 큰 나무가 군데군데 서 있었다. 그중 단연 빛나는 건 역시 랄리구라스였다. 김 선배와 나는 랄리구라스꽃에 취해 잠시 가던 걸음을 멈추었다. 천상의 화원에서 나이 든 두 남자가 봄에 취하고 꽃에 취했다. 어디선가 우리를 시샘하는 귀여운 노래가 들려올 것만 같았다.

봄이 그렇게도 좋냐 멍청이들아
벚꽃이 그렇게도 예쁘디 바보들아
결국 꽃잎은 떨어지지 니네도 떨어져라

랑탕 마을 가는 길. 랑탕 마을이 가까워질수록 풍경은 황량한 돌밭으로 바뀐다.
2015년 지진으로 인한 산사태의 흔적이다.

몽땅 망해라, 망해라

_10cm, 〈봄이 좋냐??〉

　끝없이 이어질 것 같던 꽃길은 계속되지 않았다. 얼마 못 가 전
혀 다른 풍경이 펼쳐졌다. 랄리구라스처럼 키 큰 나무들은 간데없고
거대한 바위산 밑으로 키 작은 덤불만 듬성듬성 보였다. 그 아래엔
먹을 것도 별로 없어 보이는 곳에서 야크 몇 마리가 풀을 뜯고 있었
다. 히말라야를 걸으며 가끔 좁은 길에서 소나 말, 야크 등 덩치 큰

가축을 만나면 내 쪽으로 달려들지 않을까 살짝 겁이 나기도 했는데 그런 일은 한 번도 일어나지 않았다. 모두 성정이 순한 놈들이었나 보다.

땀 흘리며 오르막길을 조금 더 오르니 이번에는 산 밑으로 흘러내린 엄청난 양의 돌무더기가 넓은 계곡을 하얗게 덮고 있었다. 아, 이럴 수가! 황량한 광경에 말문이 막혔다. 몇 년 전 지진으로 인한 산사태의 흔적이었다. 그날의 아픔을 상기시켜 주려는 듯 푸르던 하늘엔 금세 어두운 구름이 짙게 깔렸고 설산은 시야에서 사라졌다.

"인간이 할 수 있는 건 아무것도 없어요. 대자연의 큰 힘 앞에선."

아직도 말끔히 치유되지 않은 네팔 대지진의 상흔을 바라보며 김 선배가 안타까운 표정을 지었다. 그렇다. 대자연 앞에서 인간은 참으로 나약하고 초라한 존재, 한낱 미물에 불과할 뿐이다.

대지 위에서 숨 쉬며 기어 다니는 만물 중에서도 진실로 인간보다 더 비참한 것은 없을 테니까.

_호메로스, 『일리아스』

2015년의 네팔 대지진. 그때의 산사태로 이곳 마을의 절반 이상이 흔적도 없이 사라져 버렸고 마을 주민과 외국인 트레커 수백 명이 돌무더기 속에 파묻혔다고 한다. 우리는 잠시 걸음을 멈추고 숙연한 마음으로 그들의 영혼을 위로했다. 다시 봐도 황량한 곳, 그 돌무더기 사이로 난 좁은 길을 조심스럽게 지나면 해발 3,400미터 랑탕 마을이 나온다.

티베트의 한 라마승이 야크를 따라가다가 발견했다는 랑탕 마을의 주민은 대부분 티베트계 타망Tamang족이다. 그들은 슬픔을 딛고 일어나 원래 있던 마을 위쪽에 새로운 삶의 터전을 마련하고 있었다.

우리가 짐을 풀기로 한 로지 한편에서도 아직 공사가 진행 중이었다. 방에 들어가니 침대 간격이 넓어 여유가 있었다. 그리고 무엇보다 화장실이 건물 내부에 있었다. 소변을 보기 위해 밖으로 나가지 않아도 되는 것이다. 밤에 잠을 좀 편히 잘 수 있겠구나. 나는 안도의 숨을 내쉬었다. 조금 전까지만 해도 네팔 대지진의 상흔 앞에서 숙연한 표정을 짓던 사람이 화장실 때문에 안도의 숨을 내쉬다니, 인간은 역시 이기적인 동물인가 보다.

일찍이 애덤 스미스Adam Smith는 『도덕감정론The Theory Of Moral Sentiments』에서, 모르는 사람 수만 명이 지진으로 죽었다는 소식보다 내 새끼손가락 하나를 잃을 수도 있다는 사실에 크게 상심하는 것이 인간의 본성이라고 지적했다. 인간은 대부분 다른 사람이 겪는 엄청난 불행보다는 자신의 작은 고통에 더 민감하게 반응한다는 것이다.

맞는 얘기였다. 나 역시도 낮에 마주쳤던 산사태의 현장은 언제 보았냐는 듯이 편한 마음으로 짐을 풀었는데 갑자기 머리가 지끈지끈한 느낌이 들어 괴로웠다. 이전에는 경험해 보지 못한 고통, 고산병 증세였다.

일생에 한 번쯤은

약간의 팬케이크와 커피로 아침 식사를 한 후 길을 나서는데 머리가 조금 아팠다. 전날 밤엔 모처럼 잠을 잘 잤는데도 동작이 굼뜨고 어딘가 부자연스러운 느낌이 들었다. 등산스틱 같은, 트레킹에 꼭 필요한 장비를 챙기는 일도 날래게 해내질 못했다. 그야말로 비몽사몽, 몽롱한 상태로 안개 낀 길을 걸었다. 다행히 못 견딜 정도는 아니었다. 나는 김 선배에게 웃으며 말했다.

"이거 기분이 좀 묘합니다."

그게 바로 고산병 증세라고 했다. 자신은 어젯밤부터 이미 두통이 좀 있었고 속이 메스껍다고 했다. 사람마다 차이가 있긴 하지만 일반적으로 고산병 증세를 느끼기 시작하는 높이는 약 3,000미터 전후인 듯했다. 두통이나 메스꺼움, 무기력감, 구토 등이 대표적인 증세다.

그날의 목표는 칸진 곰파Kyanjin Gompa였다. 곰파란 티베트 불교 사원을 말한다. 칸진 곰파는 랑탕 계곡을 찾는 트레커들이 쉴 수 있는 마지막 종착지이다. 이곳에 숙소를 정하고 히말라야 설산이 잘 보이는 칸진리Kyanjin Ri까지 올라갔다 내려오는 게 그날의 일정이었다. 랑탕 마을에서 칸진 곰파까지는 그리 먼 거리가 아니다. 해발고도 상으로는 400미터 정도만 오르면 된다. 문제는 고산병 증세였다. 발걸음이 무거웠다. 게다가 기온이 내려간 탓인지 아침의 찬 공기에 자꾸만 눈물이 나왔다. 눈물은 흐르고 정신은 몽롱한 상태에서 한 발 한 발 무거운 걸음을 옮겼다.

아픔을 가득 안고 있는 곳, 랑탕 마을을 떠나 조금 걷다 보면 엄청나게 긴 마니월Mani Wall을 만나게 된다. 네팔에서 가장 길다고 알려진 마니월이다. 크고 작은 바위나 돌에 티베트 불교 경전 내용을 새겨 놓은 것이 마니석Mani Stone인데, 이 마니석을 쌓아 올려 만든 돌담이 마니월이다. 마니석은 매우 정교하게 깎은 편평한 돌로 이루어져 있었다. 돌에 새겨져 있는 글은 주로 '옴마니반메훔'이라 한다. KBS 대하드라마 〈태조 왕건〉에서 궁예가 사용해 우리에게도 친숙해진 바로 그 육자진언이다.

마니월을 지날 때는 반드시 왼쪽에서 시계 방향으로 돌아야 하는 규칙이 있다. 김 선배는 불교 신자가 아니지만 히말라야 트레킹 내내 마니월을 지날 때면 언제나 왼편으로 걸었다. 그것은 아마 다른 문화, 다른 종교에 대한 예의이리라. 그는 가끔 마니월의 중간에 멈춰 서서 머리와 손을 마니석에 대고 기도를 올렸다. 나는 걸으며 생각했다. 이토록 긴 마니월을 쌓았던 사람들은 거기에 어떤 염원을 담았을까. 김 선배의 기도에는 또 어떤 기원이 담겨 있을까.

마니월을 지나가면서 문득 하늘을 보니 구름이 잔뜩 끼어 있었다. 설산은 보이지 않았다. 봄철 히말라야의 하늘은 변덕쟁이다. 푸른 하늘 아래 설산의 장엄한 모습이 파노라마처럼 펼쳐지는가 하면 어느새 설산을 구름 속으로 감춰 버린다. 이랬다저랬다 시시각각으로 변덕을 부리기 때문에 설산을 보는 건 어느 정도 운이 따라야 한다.

몽롱한 상태에서 무거운 발걸음을 옮겨 칸진 곰파에 도착했다. 해발고도 3,830미터. 그곳에서 점심을 먹은 후 칸진리까지 올라갔다 내려올 예정이었다. 칸진리는 해발 4,350미터 높이, 절로 긴장이 되었다. 날씨마저 궂은 날이었다. 비가 내리는가 싶더니 어느새 빗줄기는 눈으로 변했다.

계속 하늘을 보고 있던 김 선배가 그날의 트레킹은 여기서 멈추자고 했다. 시야가 너무 흐려서 더 높이 올라가 봤자 설산을 제대로 보기는 어려울 것이라는 판단에서였다. 우선 먹기는 곶감이 달다고 일단 힘든 일정이 취소됐으니 후련하긴 한데 시간 때울 일이 막막했다. 오후엔 언제나 시간이 남아돌기 때문이었다.

하릴없이 창밖의 궂은 날씨를 바라보다가 아내에게 카톡 사진이나 보내기로 했다. 마침 그날이 결혼기념일이었다. 로지에서 5,000원짜리 와이파이 카드 한 장을 샀다. 네팔 물가를 고려하면 매우 비싼 편이지만 몇 시간은 충분히 쓸 수 있는 용량이라고 했다. 게다가 품질도 좋았다. 사진 전송 속도가 아랫마을 로지에서 1,000원 내고 할 때와는 비교도 안 되게 빨랐다.

랑탕 마을의 마니월에서 기도하는 김 선배. 마니월은 마니석을 쌓아 올려 만든 돌담이다.
마니석에는 '옴마니반메훔'이 새겨져 있다.

비싼 고기가 더 맛있다.

_몽테뉴, 『에세』

아내에게 '나와 결혼해 줘서, 그리고 사랑스러운 아들과 딸을 낳아 줘서 고맙다'고 감사의 뜻을 전했다.

"미 투Me too."

아내가 짤막하게 응답했다. 항상 그렇듯이 우린 결혼기념일에도 덤덤한 대화를 나눴다. 함께 살아온 세월이 어느덧 33년이었다. 가난한 남자와 결혼해 일찍 홀로 된 시어머니를 모시고 아웅다웅 살아 준 것만으로도 내겐 고마운 사람이다. 딸을 가져 보니 비로소 알 것 같았다. 가난한 남자와 결혼하기 위해서는 여자에게 얼마나 큰 결심이 필요한 것인지를. 어느 정도 배가 불러야 사랑도 할 수 있다.

사랑은 달콤하다. 그러나 빵이 수반될 경우에만 그렇다.

_유대 격언

1981년 4월 초, 나는 목련꽃 피는 서울대 캠퍼스에서 우울한 봄을 맞고 있었다. 대학원에 진학했지만 활기차야 할 대학원 생활이 마냥 즐겁지만은 않았다. 수업 후 벤치에 앉아 하늘을 바라보면 금방이라도 눈물이 나올 것 같았다. 그건 비단 캠퍼스에 자욱했던 최루탄 가스 때문만은 아니었다. 젊은 날의 통과의례 같은 것, 실연의 아픔 때문이었다.

아아, 사랑을 치료해 줄 약초는 어디에도 없고

_오비디우스, 『변신 이야기』

그럴 즈음 한 친구가 기분 전환을 시켜 주겠다며 나를 홍익대학교로 데리고 갔다. 나중에 안 일이지만 그날 친구에게는 당혹스러운 문제가 생겼다. 나에게 소개해 주려 했던 여학생이 그날따라 학교에 오지 않은 것이다. 마음이 다급해진 친구는 도서관을 찾아가 평소 알고 지내던 다른 여학생에게 도움을 청했다. 이른바 핀치 히터Pinch Hitter를 구한 것이다. 그는 대타로 나온 여학생에게 나를 떠넘기며 이렇게 말했다.

"한 시간만 이 꺼벙한 친구를 맡아 주세요."

그러고는 가 버렸다. 그날 한 시간 동안만 나를 맡아 주기로 약속했던 그 여학생은 38년째 내 곁에 머무르고 있다. 다만 나는 그것을 운명이라 여기며 살고 있고, 아내는 팔자려니 하면서 살고 있다.

운명은 때로 우리보다 일을 더 훌륭하게 결정한다.

_메난드로스

그동안 찍은 사진을 아내에게 몇 장 전송하고 멍하니 앉아 시간을 보냈다. 히말라야의 산속에서는 흔히 있는 일이었다. 그러다 문득 밖을 보니 눈과 비는 그치고 하늘이 맑아지고 있었다.

"하늘이 또 변덕 부리기 전에 빨리 나갑시다."

김 선배의 말에 나는 얼른 밖으로 따라나섰다.

"지금 칸진리까지 가실 겁니까?"

가이드가 다소 걱정스러운 눈치로 김 선배에게 물었다. 거기까지 갔다 오려면 적어도 두 시간 반 이상이 걸리기 때문이었다.

"아니, 바로 저 위까지만 갈 거야."

김 선배의 대답이 경쾌했다.

다녀온 이들의 말에 따르면, 히말라야 설산을 제대로 보기 위해서는 체르고리Tsergo Ri까지 올라가는 게 좋다고 했다. 그게 힘들면 적어도 칸진리까지는 올라가야 히말라야 설산의 진면목을 볼 수 있다는 것이다. 그러나 나는 칸진 곰파 마을 위쪽에서 바라본 설산의 모습만으로도 충분히 감동적이었다.

> 힘들이지 않고 오른 작은 언덕이 천신만고로 몽블랑을 올랐을 때보다 더 아름답고 풍요하며 생생한 전망을 보여 줄 때가 있다고들 말합니다.
>
> _막스 뮐러, 『독일인의 사랑』

마침 산봉우리를 뒤덮고 있던 구름이 서서히 물러가고 있었다. 잠시 후 구름이 다 걷히자 드디어 푸른 하늘 아래 설산의 위용이 드러났다. 옅은 구름이 봉우리 일부를 살

랑탕 마을에서 본 설산의 모습은 형언키 어려운 아름다움을 간직하고 있었다. 제대로 된 설산의 모습을
보기 위해서는 체르고리까지 올라가야 한다는데 나는 이것만으로도 충분히 만족했다.

칸진 곰파 마을. 외관이 아기자기해 보이는 카페도 있었다.

짝 가리긴 했으나 내 눈앞에 펼쳐진 설산의 모습은 절로 탄성이 터져 나올 만큼 아름다웠다.

"일생에 한 번쯤은 해 볼 만한 경험 아닙니까? 누군가에게 얘기할 필요도 없고, 오직 나 혼자 가슴속에 간직하고 있으면 족하지 않을 까요?"

저녁 식사 후 김 선배가 내게 말했다. 그랬다. 오전에 산을 오를 땐 고산병 증세 때문에 머리가 몽롱한 게 만사가 다 귀찮았다. 그러 나 한 발 한 발 무거운 발걸음을 옮겨 결국은 목적지에 도달했다. 거 기서 본 설산의 위용은 참으로 아름답고 장엄했다.

"여기는 채우러 오는 곳이 아니라 비우기 위해서 오는 곳입니다. 최대한 많이 비우고 내려가십시오."

노자의 『도덕경』에나 나올 법한 말이 김 선배의 입에서 나왔다.

배움은 날마다 채우는 것이고, 도를 닦는 것은 날마다 비우는 것 이다.

_노자, 『도덕경』

체념 혹은 '받아들임'

.

산에서 내려가는 길은 아무래도 올라가는 것보다는 수월하다. 올라갈 때는 이틀 이상 걸린 길도 하루면 내려갈 수 있다. 그런데 이 시간도 아끼려는 사람들을 위해 하산할 때는 아예 걷지 않는 여행 상품도 있다고 한다. 칸진 곰파에서 카트만두 공항까지 헬기를 타고 이동하는 히말라야 트레킹 여행 상품이다. 그걸 이용하면 나흘 걸려 올라온 길을 30여 분만에 내려갈 수 있다.

그 여행 상품은 정말 바쁜 사람들을 위해 만들어진 것인가 보다. 편하고 빠른 것을 찾는 게 요즘의 세태이다 보니 일면 이해가 가는 부분도 있다. 그러나 산속에서 사고가 난 것도 아닌데 헬기를 타고 하산하는 건 왠지 좀 어색해 보인다. 나는 하산할 때도 그 나름의 즐거움이 있다고 생각하기 때문이다.

하산 길에는 두 가지 좋은 점이 있다. 무엇보다 두통과 졸림, 메스꺼움 등 고산병 증세 없이 여유롭게 산길을 걸을 수 있다는 것이 큰 장점이고, 올라갈 때 미처 보지 못했던 풍경을 볼 수 있다는 것이 두 번째 좋은 점이다.

아침 식사로 삶은 달걀에 커피 한잔을 마신 후 서둘러 숙소를 나왔다. 대체로 구름이 없는 이른 아침에 설산의 모습이 잘 보이기 때문이었다. 전날 올라갈 때는 날씨가 흐려 잘 몰랐는데 내려가면서 보니 설산의 위용은 참으로 대단했다. 계곡 좌우로 짙은 갈색의 산들이 가파른 경사를 이루며 내처 달렸고 그 위로 뾰족한 봉우리들이 햇빛을 받아 하얗게 빛났다. 만년설이었다. 푸른 하늘 아래 산허리를 품고 있는 흰 구름이 설산의 장엄함을 더욱 돋보이게 했다.

설산 아래 척박한 땅에는 사람들이 옹기종기 모여 집을 짓고 마을을 이루어 살고 있었다. 대부분 티베트계인 그들의 집 앞이나 마을 어귀에는 어김없이 룽다Lungda와 타르초Tharchog가 걸려 있다. 룽다와 타르초는 경전이 새겨진 천 조각을 긴 장대에 세로로 혹은 줄에 가로로 매달아 놓은 것을 말한다. 이 오색 깃발은 바람이 불 때마다 휘날린다. 그건 무척 장관이어서 룽다와 타르초는 히말라야를 상징하는 또 하나의 아름다움이 되고 있다.

그 아름다움 속에는 부처님의 진리와 자비가 바람을 타고 온 세상에 퍼지기를 바라는 염원이 담겨 있다. 가던 걸음을 잠시 멈추고 바위에 걸터앉아 오색 깃발을 보고 있노라면 제자들에게 남긴 석가여래의 마지막 설법이 들려오는 듯했다.

비구들아, 모든 것은 변하나니 마음속의 망상을 버리고 한적한

목적지에 거의 다 왔을 무렵 갑자기 빗방울이 후드득 떨어지기 시작했다. 얼른 우의를 꺼내 입고 근처의 가게로 들어가 비를 피하려는데 그 집 간판이 눈길을 끌었다.

'막걸리, 소주. 어서 오세요. 감자전도 있어요.'

한국 사람의 필체 같았다. 히말라야 산속에도 한국인이 많이 찾아온다는 뜻이리라. 비가 그치기를 기다리면서 땀도 식힐 겸 사이다를 한 병 마셨다. 그날의 일정은 거의 다 끝났고 비는 곧 그칠 것이었다. 마음이 무척이나 여유로웠다.

히말라야 트레킹은 어찌 보면 인생을 닮았다. 우리는 평소 눈앞의 목표만을 위해 바쁘게 살아간다. 정상을 향해 힘들게 올라가야 하니 가던 길을 멈춰 서서 주위를 살펴볼 여유가 없다. 특히 남들보다 빨리 높은 자리에 올라서기 위해서는 더욱 그러하다. 어디 그뿐이랴. 높은 산에 오르기 위해서는 고산병 증세를 이겨 내야 하듯 인생길에서도 소위 감투 하나라도 꿰차려면 남모를 고통과 수모를 감내해야 한다.

퇴직이라는 것에 대해서도 생각해 본다. 등산으로 치자면 퇴직은 하산에 해당하는 것이리라. 하산할 때도 그 나름의 즐거움이 있다면 퇴직도 꼭 두려워할 것만은 아니라는 생각이 든다. 산을 오르면서 몰입의 순간을 경험했다면 하산할 때는 관조의 시간을 갖는 것도 괜찮을 듯싶다. 나는 고요한 마음으로 한 발짝 물러서서 그동안 잊고 지냈던 것을 살피고 되찾는 여유를 갖고 싶다.

나는 내 인생에 넓은 여백이 있기를 원한다.

_헨리 데이비드 소로, 『월든』

켄 로치Ken Loach 감독의 영화 〈엔젤스 셰어The Angels' Share : 천사를 위한 위스키〉는 보기에 썩 편한 작품은 아니나 제목이 멋있다. 그 제목은 시사하는 바가 있다. 위스키를 오크Oak통 속에서 숙성시키려면 1년에 약 2퍼센트 정도가 자연적으로 증발한다고 하는데, 이렇게 숙성 과정에서 없어지는 2퍼센트의 위스키를 엔젤스 셰어 즉 '천사의 몫'이라고 한다. 잘 숙성된, 좋은 위스키를 만들기 위해서 양조업자들은 매년 공기 속으로 사라지는 2퍼센트의 위스키를 '천사의 몫'으로 감내하는 것이다.

나는 이 얘기를 아내에게 한 적이 있다. 인생에서 왠지 조금 손해를 보는 듯한 느낌이 들 때면 그 정도는 '천사의 몫'이라 생각해 보자고. 나머지만 잘 지켜도 우린 충분히 행복할 수 있다고.

체념은 때로 행복한 삶을 꾸려 나가는 데 중요한 역할을 한다. 나는 사실 체념이라는 말보다는 '받아들임'이라는 표현을 더 좋아한다. 뉘앙스가 좀 다르기 때문이다. 체념은 아무래도 수동적이고 부정적인 뉘앙스가 강한 관념인 데 반해 '받아들임'은 상대적으로 그런 느낌이 덜한 것 같다.

안 되는 건 포기할 줄도 알아야 하고 받아들일 수도 있어야 한다. 때로는 그냥 무시하고 때로는 웃어넘기면서. 지극히 간단한 인생의 공식이다. 이런 점에서 김 선배와 나는 상당히 닮았다. 어찌 보면 참 속 편한 사람들이다.

아내들의 눈으로 보면 우린 대책 없는 남편들일 것이다. 네팔 여행을 떠나기 전, 김 선배와 나는 앞날에 대해 걱정하는 안주인들에게 이런 우스갯소리를 했다. 퇴직 후 먹고 살 일에 대해서는 너무 걱정하지 말아라. 히말라야를 걷다 보면 어떤 영감이 떠오를 수도 있지 않겠나. 우린 뭔가 답을 얻어서 돌아올 것이다.

그러나 히말라야는 우리에게 어떤 해결책도 주지 않았다. 다만 나는 히말라야 트레킹을 통해서 내가 가진 것이 참으로 많다는 사실을 새삼 깨달았다. 비록 트레킹 중에는 먹고 자는 일로 고생했으나, 나는 평소 잠도 잘 자고 밥도 맛있게 먹는 사람이다. 책을 한 번에 세 시간 이상 읽어도 괜찮은 눈을 가지고 있다. 편히 쉴 수 있는 집이 있으며 다행히 빚도 없다. 내 능력 밖의 자리에는 욕심이 없으니 마음 또한 편하다.

더구나 보고 싶을 땐 언제라도 만날 수 있는 친구가 바로 우리 집 근처에 살고 있다. 즐겁게 살지 못할 이유가 없었다.

건강하고 채무도 없으며 양심의 거리낌도 없는 사람의 행복에 그 무엇이 추가될 필요가 있을까?

_애덤 스미스, 『도덕감정론』

나이를 세어 무엇하리

"나는 스피드 종목에서 초를 다투는 게 어찌 보면 좀 우습다는 생각이 들어요. 여기 사는 사람들은 자기 나이도 잊은 채 살아가는데."

지난밤 로지에서 만났던 어떤 이를 상기시키며 김 선배가 말했다. 대자연 속에서 영겁의 시간을 느끼다 보면 단 몇 초의 차이로 금메달이니 은메달이니 하면서 순위를 매긴다는 게 왠지 큰 의미가 없어 보인다는 얘기였다.

로지에서 우리에게 말을 걸어왔던 사람은 나이가 꽤 들어 보이는 네팔인 포터였다. 이런저런 얘기 끝에 어쩌다 나이 얘기가 나왔는데 그는 자신의 나이를 정확히 모르는 것 같았다. 나이를 선뜻 대답하지 못하고 얼버무렸다. 우리는 그걸 이해할 수 있었다. 히말라야 산속에서 살면 굳이 달력 따위를 볼 필요가 없을 것 같았다.

가끔은 나도 내 나이가 몇 살인지 헷갈릴 때가 있다. 그건 실제 나이가 호적과 달라서이지만, 한편으론 나이를 세고 싶지 않기 때문이

해 질 녘의 랑탕 마을. 동네 아이들이 해 지는 줄도 모르고 축구에 열중하고 있다.

기도 하다. 언제부터인가 나는 나이를 별로 세고 싶지 않게 되었다. 알고 싶지도 않았다. 나이가 든다는 것은 서글픈 일이다. 그것이 비록 자연의 섭리라고 할지라도.

> *세월은 사람을 현자로 만들기보다는 노인으로 만든다.*
>
> _프랑스 속담

나는 요즘 20여 년 전에 봤던 TV 프로그램에서 주인공 노인이 했던 말이 자꾸만 생각난다. 〈그 오두막엔 여든네 살 청년이 산다〉라는 다큐멘터리였다. 그해 피버디상Peabody Awards을 받은 작품이었다.

피버디상은 방송계에서 권위 있고 오래된 국제상 중의 하나이다.

"젊은것들은 뭐 늙은이 종자가 따로 있는 줄 알아."

그땐 그냥 참 재미있는 표현이라고만 여겼는데, 좀 더 살아 보니 정말 '늙은이 종자'가 따로 있는 게 아니었다. 젊은 날엔 더디게만 흐르는 것 같던 세월이 어느 순간부터 쏜살같이 흘러갔다. '눈 깜짝할 사이'라는 말이 무슨 뜻인지 실감이 났다. 빛나던 청춘은 어느새 반백이 되었고 총기는 사라졌다.

얼마 전에는 예식장에서 방명록을 작성하다가 내 이름을 쓴다는 것이 그만 혼주의 이름을 썼다. 그나마 중간에 알아차렸기에 얼른 지우고 내 이름을 다시 쓰긴 했지만. 내가 이 얘기를 아는 이에게 했더니 그는 한술 더 떴다.

"그래도 나보다는 낫수. 난 교도소에 지인 면회를 갔다가 신청서에 면회 대상자 수인번호를 쓰고 내 이름을 썼어요. 그랬더니 이런 사람 없다고 해서 그이가 그새 출소했나 했다니까요. 이제 밥숟가락 놓을 때가 됐나 봐요."

육체가 세월의 강한 힘에 의해 뒤흔들리고, 힘이 둔해져 사지가 늘어지게 되면 총기는 절뚝거리고, 혀는 길을 벗어난다. 이성은 비틀거린다.

루크레티우스, 『사물의 본성에 관하여』

나이는 속일 수 없다. 안타까운 일이지만 인정하지 않을 수 없다.

물론 예외적인 경우가 없는 건 아니다. 송해 씨는 구십이 넘은 나이에도 여전히 우리나라 최장수 프로그램인 〈전국노래자랑〉의 진행을 맡고 있고, 연세대 철학과 명예교수인 김형석 교수님은 '100년을 살아 보니' 인생이 이렇더라며 백 세에도 강연을 하고 다니신다.

어떤 이들은 '나이는 숫자에 불과할 뿐'이라고 말한다. 힘과 열정이 넘치는 사람들이다. 그러나 나는 이 말을 썩 좋아하지 않는다. 숫자에 불과할 뿐이라니, 그럼 숫자는 중요한 것이 아니라는 말인가. 이를테면 만 원짜리 지폐와 5만 원짜리 지폐는 거기 쓰인 숫자만 다를 뿐 똑같은 종이 쪼가리에 불과한 것인가. 그렇게 생각하는 사람 중에 마음씨 좋은 이가 가끔 만 원짜리 100장 묶음을 5만 원짜리 100장 묶음과 바꿔 준다면 좋겠다.

'나이는 숫자에 불과할 뿐'이라는 건 어찌 보면 자신을 위로하기 위한 '선의의 거짓말'이다. 얼굴은 시들고 다리에는 이미 힘이 빠져 있는데도 청춘이라니. 난 그렇게 말하는 사람들이 꼭 '벌거벗은 임금님' 같다는 생각이 든다. 한 아이가 "임금님이 벌거벗었네"라고 말하기 전까지는 자신이 세상에서 가장 멋진 옷을 입고 있는 줄 알았다는 안데르센의 동화 얘기 말이다.

물론 우리 사회에는 세월을 잊고 '영원한 현역'으로 남아 있는 이들이 적지 않다. 그러나 그것이 누구에게나 가능한 일은 아닐 것이다. 특히 나같이 주변머리 없고 재주도 없는 사람에겐 그런 일이 아득하게만 보인다. 그렇다고 내가 아예 시도도 해 보지 않은 것은 아니다.

몇 년 전, 나도 나름대로 은퇴 이후를 준비했던 적이 있다. 그동안 PD라는, 나에게 잘 맞지 않는 옷을 입고 고생을 했으니 퇴직 후에는 내가 좋아하고 잘할 수 있는 일을 찾아보자. 남에게 부담을 주거나 아쉬운 소리를 하지 않고 당당히 내 실력으로 구할 수 있는 일자리를 알아보자. 돈에는 연연하지 말고. 이런 마음가짐이었다.

생각 끝에 얻은 결론은 외국인을 위한 한국어 강사였다. 평소 국어에 관심이 많은 편이었고, 다른 무엇보다 가르치는 일을 좋아했기 때문이다. 그해 봄에 나는 한 사이버 대학교의 한국어 문화학과에 3학년으로 편입했다. 한국어 교원 자격증을 따기 위해서였다.

그리고 2년 후, 사이버 대학 졸업과 동시에 한국어 교원 2급 자격증이 주어졌다. 난 이게 있으면 대학에서 한국어 시간강사 자리라도 하나 얻을 수 있을 줄 알았다. 시간강사가 기본적으로 갖추어야 할 석사 학위는 두 개(문학 석사와 행정학 석사)가 있었고, 대중문화 전달자로서 PD 경력과 5년간의 대학 시간강사 경력 그리고 한국어 교원 2급 자격증까지 있으니 가능할 거라 여겼다.

젊어서 예뻤던 노파가 범하는 어리석음 가운데 가장 위험한 것은
자신이 더 이상 예쁘지 않다는 것을 망각하는 일이다.

_라 로슈푸코, 『잠언과 성찰』

세 군데 대학에 지원서를 냈다. 결과는 모두 불합격이었다. 딴에는 눈높이를 조금 낮추어 대안학교 한 군데에도 지원했으나 역시 서

류심사에서 탈락했다. 나중에 알고 보니 나이가 문제였다. 한국어 강사 지원자들의 나이는 대부분 30~40대라고 했다. 나이 앞에서 과거의 경력은 아무런 의미가 없었다.

물론 네 번의 실패를 맛보았다고 해서 그걸로 끝이라고는 생각하지 않는다. 찾아보면 다른 길이 없지는 않을 것이다. 다만 그 과정에서 '나이는 숫자에 불과할 뿐'이라고 강변하기보다는 솔직히 인정할 건 인정해야 한다고 생각한다.

> 노년의 비극은 사람이 늙었다는 사실 때문이 아니라, 겉은 늙었어도 마음은 여전히 젊다는 데 있다.
>
> _오스카 와일드

언젠가 〈인간극장〉에서 함께 일했던 제작팀장에게 이런 우스갯소리를 한 적이 있다.

"나한테 '노인 혐오증'이 있는 것 같지 않아?"

그이가 답했다.

"아니, 그렇다기보다는 젊은이들을 더 좋아하시는 거죠."

그렇다. 나는 젊음을, 젊은이들을 더 좋아한다. 젊음은 보는 것만으로도 즐겁다. 그 자체로 빛나기 때문이다.

하지만 젊음이 아름답다고 해서 노년의 삶을 무시하거나 폄훼할 생각은 없다. 청춘에 비할 바는 아니나 노년의 삶은 그 나름대로 가치가 있을 것이다. 특히 60세 이후부터 70세 정도까지는 청춘에 이은 '제2의 황금기'가 될 수도 있다고 생각한다. 무거운 짐을 어느 정도 내려놓고 마음이 이끄는 대로 자유롭게 살아갈 수 있는 시기이기 때문이다.

나이가 든다는 것은 분명 서글픈 일이지만, 그건 우리가 어찌할 수 없는 자연현상의 하나다. 나는 나이듦을 담담히 받아들이며 점잖게 늙어 가고 싶다. 살아 있음에 감사하면서 즐겁게 살고 싶다.

내가 살아 있다는 사실이 참으로 즐겁다
내 나이를 세어 무엇하리
나는 지금 오월 속에 있다

_피천득, 「오월」

히말라야의 출렁다리

    목적지는 툴로샤브루Thulo Syabru였다. 랑탕 계곡 트레킹을 할 때 신곰파Shin Gompa나 힌두교 성지인 코사인쿤드Gosainkund로 가기 위해서는 그곳을 거쳐야 한다. 툴로샤브루는 넓은 계단식 밭 위쪽으로 형성된 제법 큰 마을이다. 그 마을로 들어가기 위해서는 가파른 길을 올라가야만 했다. 숨이 찼다. 쉼터에서 가쁜 숨을 고르며 잠시 쉬노라면 저 아래로 그동안 우리가 걸었던 길이 아득하게 보였다.

    인적 드문 숲길을 조금 더 걷다 보니 깊은 계곡 사이로 기나긴 출렁다리가 나타났다. 언뜻 보기에도 여태껏 건넌 어떤 출렁다리보다 길었다. 이것이 마지막 시험대가 되려나, 나의 도전 의지를 자극했다. 과연 나는 저 출렁다리를 두려움 없이 잘 건널 수 있을까.

    내게는 고소공포증이 있다. 이런 얘기를 하면 어떤 이들은 진짜 공군 장교 출신이 맞느냐고 놀리기도 한다. 그런데 흥미로운 건 젊었을 땐 그런 증세가 전혀 없었다는 점이다. 내 나이 마흔이 넘어 생

히말라야 산중에는 곳곳에 이런 출렁다리가 있다. 처음 건널 때는 조금 겁이 났으나 곧
익숙해졌다.

긴 증상이다.

18년 전쯤인가 전주 KBS에서 근무할 때 남원의 한 아치교를 걷다가 갑자기 어지러움을 느꼈다. 그와 동시에 극심한 공포가 찾아왔다. 이후로는 다리, 특히 육교를 건너는 것이 두려웠다. 육교라는 말을 듣거나 생각만 해도 머리가 어지러웠다.

마치 어린아이들이 떨면서 깜깜한 어둠 속의 모든 것을 두려워하듯
_루크레티우스, 『사물의 본성에 관하여』

왜 하필 전주에서였을까? 지금 생각해 보면 아마도 정서적으로 불안정했던 전주 생활이 영향을 미친 게 아닌가 싶다.

2001년 봄, 난 KBS에 입사한 이래 최악의 시기를 보내고 있었다. 한참 왕성하게 일해야 할 때 허리 디스크가 생겼다. 그때는 차장 승진을 해야 하는 중요한 시기였는데, 허리 디스크 때문에 일을 제대로 못 했으니 결과는 불을 보듯 뻔했다. 국장은 PD들을 불러 모은 자리에서 "한번 PD는 영원한 PD냐?"며 일 못 하는 PD는 일벌백계로 다스리겠다고 기염을 토했다. 그리고 며칠 후 나는 전주 KBS로 발령을 받았다.

그 당시 KBS에서는 평 PD가 차장으로 승진을 하면 지역국 부장으로 발령을 내는 게 관례였다. 나처럼 10년 이상 된 PD가 보직도 없이 지역국으로 발령이 나는 경우는 거의 없었다. 그 점이 못내 쓰렸다. 지역국에서 근무하는 내내 억울함과 분노, 열등감 등 복잡한

감정이 나를 괴롭혔다. 그러면서 나도 모르게 우울증에 빠졌던 것 같다.

> *나의 하루는 논리학, 휘파람, 산책, 그리고 우울해지는 것으로 지나갑니다.*
>
> *_루트비히 비트겐슈타인, '러셀에게 보내는 편지'*

네팔 여행을 한 달여 앞두고 고소공포증 극복 훈련을 시작했다. 북한산 둘레길을 함께 걷던 중 내 사정을 알게 된 친구가 나를 도와주겠다고 나선 것이다. 사랑스러운 내 친구 양 변호사는 마치 이 분야의 전문가 같았다. 그도 젊었을 때 나와 비슷한 어려움을 겪은 적이 있기 때문이었다. 당시는 그가 검사로 지내던 때였다.

내 기억 속에 있는 친구의 검사 시절 모습은 반듯하고 패기가 넘쳤다. 그러면서도 무척이나 인간적이었다. 검사 초년병 시절, 그가 몸담고 있던 서울지검 사무실에 들렀을 때의 일이다. 그는 책상 앞에 앉아 한 아주머니를 나무라고 있었다. 촌지가 들어 있는 봉투를 돌려주면서.

"촌지를 받는다고 해서 내 생각이 달라지지는 않아요. 이런 게 아니어도 엄마의 심정은 충분히 이해할 수 있어요. 아주머니를 봐서 이번엔 선처할 테니 앞으로는 그런 일이 없도록 아들을 잘 타이르세요. 아, 그리고 보내 준 케이크는 잘 먹었어요."

아주머니의 아들은 소년범이었다. 애타는 모정은 아주머니에게 케이크를 사 들고 담당 검사의 집을 찾아가게 했던 모양이다. 그 안에 촌지 봉투가 들어 있었던 거고. 만일 그때 친구가 차가운 표정으로 케이크째 돌려주었더라면 분위기가 참으로 싸했을 것이다. 케이크는 잘 먹었다고 하는 친구의 모습을 보면서 나는 가슴 한편이 훈훈해졌다.

거듭 감사하다고 인사를 하는 아주머니에게 친구는 한마디를 더 보탰다. 따뜻하게 웃으면서, 아주 넉넉한 표정으로.

"그리고 아주머니, 촌지는 수표가 아니라 현금으로 하는 거예요."

그렇게 여유 있고 패기만만했던 친구에게도 힘든 시기가 있었다. 아주 오래전의 일이라 기억이 분명치는 않지만, 어쨌든 양 변호사는 나름대로 아픔을 겪었고 또 잘 극복해 냈기 때문에 내 상태를 쉽게 이해했다.

양 변호사는 그 방면으로 아는 게 많았다. 그는 우선 내가 느끼는 공포의 실체가 무엇인지부터 파악하고자 했다. 여러 가지 예를 들어 가며 어떤 종류의 두려움인가를 물었다.

나에게는 육교를 건널 때마다 다리가 무너질 것 같은 두려움이 있었다. 도대체 이 무슨 황당한 소리인가. 아무리 생각해도 그건 일종의 병이었다.

모든 영혼은 저마다 다른 세계를 갖는다.

_니체

툴로샤브루로 가는 계곡의 출렁다리. 히말라야 트레킹 중에 봤던 것 중 가장 긴 다리가 아니었나 싶다.

　　양 변호사는 나에게 다리라는 것은 문명의 이기일 뿐 절대 무너지는 것이 아니라는 사실을 반복해서 입력하려 했다. 기존의 생각을 변화시켜 감정이나 신체감각을 편하게 만들어 주고자 하는, 일종의 인지 행동 치료인 셈이었다.

　　나는 우선 집 근처에 있는 샛강 다리를 건너는 훈련부터 시도했다. 예전에는 무서워서 감히 건너겠다는 시도조차 해 본 적이 없는 다리였다. 누가 그 다리를 건너서 왔다는 얘기만 들어도 공포가 몰

려왔다. 그러나 그 다리를 건너는 건 히말라야 트레킹을 위해선 반
드시 극복해야 할 과제였다. 히말라야 산중에는 곳곳에 출렁다리가
있기 때문이었다.

샛강 다리를 건널 때마다 다리 중간에서 찍은 인증 샷과 함께 그
날그날의 공포 점수를 친구에게 보고했다. 마치 착실한 학생이 선생
님께 과제물을 제출하듯. 샛강 다리를 건너는 게 어느 정도 익숙해
지자 나는 서강대교, 서울로 등의 다리로 장소를 바꿔 가며 훈련을

계속했다. 김 선배도 옆에서 격려하며 나를 도왔다. 조금씩 효과가 나타나기 시작했다. 두려움의 대상과 자주 맞닥뜨리다 보니 공포감이 조금씩 무뎌졌다.

서울에서의 훈련 덕분에 히말라야 산중의 출렁다리는 별다른 장애가 되지 않았다. 틀로샤브루로 가는 계곡의 긴 출렁다리도 큰 두려움 없이 건넜다. 다리를 건너기 전 김 선배는 내 뒤에 멈춰 서더니 나부터 먼저 가라고 했다. 내가 다리 건너는 장면을 동영상으로 찍어 주겠다는 의도였다.

비록 휴대전화로 찍었지만 김 선배는 그날 노련한 PD답게 훌륭한 동영상을 하나 남겼고, 나는 정신적 자산을 하나 더 쌓았다. 생각을 바꾸면 감정도 따라서 바뀔 수 있다는 믿음이었다.

인간은 사건에 대한 생각이나 의견을 바꿈으로써 감정을 바꿀 수 있다.

_앨버트 엘리스

먹는 즐거움

산속을 걷다 보면 날짜 감각이 없어진다. 오늘이 며칠인지 무슨 요일인지 잘 생각나지 않는다. 머리가 텅 빈 듯하다. 그저 산길을 따라 걷다가 하루 일정을 마치고 로지에 도착하면 먹고 잔다. 이것이 전부다. 나는 산속을 걸으면서 먹고 마시고 자는 일이 사람에게 얼마나 중요한 것인지를 새삼 깨달았다.

책을 읽을 때는 그저 피상적으로 다가왔던 구절도 생생한 경험을 통하게 되면 온전한 자기 것이 된다. 이른바 체화이다. 나는 히말라야 트레킹을 통해서 에피쿠로스를 더욱 잘 이해하게 되었다. 그가 말하는 '자연스럽고도 꼭 필요한 욕구'라는 게 어떤 것인지를 절감했다. 그것은 우리가 살아가는 데 필요한 기본적인 욕구였다.

배고프지 않을 것,
목마르지 않을 것,

춥지 않을 것.

이러한 상태에 있는 자는 신과 같은 상태에 있는 것이다.

_에피쿠로스

인간은 환경에 적응하는 동물이다. 나는 트레킹 사흘째부터 로지의 잠자리에 적응할 수 있게 되었다. 화장실이 어디에 있든 어떤 상태이든 마음 편히 사용할 수 있었고 마당에서 찬물로 세수하는 것에도 익숙해졌다. 세숫대야라도 있었으면 하는 생각이 들 때도 있긴 했지만.

하산 길에 우리가 묵었던 툴로샤브루의 로지는 매우 좋은 숙소였다. 미지근했지만 더운물도 나왔다. 산행을 시작한 지 닷새 만에 머리를 감았다. 그동안은 머리를 감지 않고 지냈어도 별로 불편함을 느끼지 못했다. 그런데 마을 입구로 들어오던 중 양지바른 곳에서 할머니가 손녀의 머릿니를 잡아 주는 모습을 본 순간 갑자기 내 머리도 가려운 듯했다. 오랜만에 머리를 감으니 무척이나 개운했다. 그리고 숙소 밖으로 나와 커피를 한 잔 주문했다. 커피 맛이 진했다. 행복했다.

행복하게 사는 데는 아주 적은 것이 필요하다.

_마르쿠스 아우렐리우스, 『명상록』

다음 날 아침, 김 선배가 중대 발표를 하겠다며 우리 일행을 불러

툴로샤브루 산속 마을의 집 짓기. 이런 큰일은 주민들의 품앗이로 이루어지는 것 같았다.

모았다.

"신곰파로 올라가려던 일정을 취소하고 곧바로 하산하겠습니다."

우리의 원래 일정은 툴로샤브루에서 1,000미터 이상 고도를 높여 신곰파까지 올라가는 것이었다. 신곰파로 가는 길에는 랑탕 계곡에서 보았던 것보다 훨씬 더 많은 랄리구라스가 피어 있을 터였다. 그런데 이미 많이들 지쳐 있으니 트레킹 전체 일정을 앞당겨 끝내겠다는 것이었다.

가이드와 포터에게는 일정이 줄어들더라도 원래 계약했던 대로 일당을 지불할 것이니 걱정하지 말라는 말까지 친절하게 덧붙였다.

나는 김 선배의 변심이 내심 반가웠다. 그동안 한국 음식이 무척이나 그리웠기 때문이었다.

툴로샤브루에서 둔체를 향해 가는 발걸음이 가벼웠다. 우리 말고는 길에 사람이 없었다. 푸른 하늘과 구름, 나무와 바위, 그리고 가끔 들려오는 새 소리. 그게 다였다. 쉬어 가기 위해 큰 바위에 걸터앉았는데, 김 선배가 느닷없이 네팔인 가이드에게 노래를 하나 청했다.

가이드가 선택한 노래는 〈레썸 삐리리Resham Firiri〉. 우린 별 기대 없이 장난처럼 청했던 건데, 뜻밖에도 가이드의 노래 솜씨는 매우 훌륭했다. 네팔의 민요 〈레썸 삐리리〉는 말하자면 우리의 〈아리랑〉 같은 노래다. '레썸 삐리리'는 이 노래의 후렴구이고 가사 내용은 여러 가지 버전이 있다고 했다. 우리의 〈아리랑〉이 그런 것처럼. 그날 우리가 들은 건 대충 이런 뜻이라고 했다.

"멀리 있는 당신에게 어떻게 갈 수 있을까요? 날아서 갈 수 있을까요?"

한적한 산길을 벗어나자마자 큰길이 나왔다. 둔체로 가는 도로였다. 그런데 차가 다니는 길이어서 트레킹을 하기에는 썩 좋은 조건이 아니었다. 무엇보다 걷는 재미가 없었다. 게다가 햇볕은 따가웠다. 우리는 히치하이킹을 시도하기로 했다.

낯선 나라에서 히치하이킹을 한다는 건 쉬운 일이 아니다. 30여 년 전에 선배 PD와 함께 촬영을 위해 히치하이킹을 시도했던 적이 있었다. 프랑스의 몽생미셸Mont-Saint-Michel로 가는 길 위에서였다. 그날 우리 촬영팀은 남녀 출연자 뒤쪽에 숨어서 한 시간 이상을 기다 렸지만 끝내 허탕을 치고 말았다.

그런데 이런 게 또 쉽게 되려면 아주 수월하게 풀리기도 한다. 몇 해 전에 아내와 함께 터키 여행을 하던 중 카파도키아Cappadocia에서 길을 잃었던 적이 있다. 인적 드문 길에 망연히 서 있는 우리 부부 앞에 한 젊은이가 차를 세운 건 10분도 채 안 되었을 때였다. 그날 네팔에서도 그랬다.

다만 우리 앞에 멈춘 차에는 이미 네팔 여성이 세 명이나 타고 있 었다. 영업용 지프였던 것이다. 우리 일행은 다섯 명, 결국 6인승 지프에 운전기사까지 모두 9명이 타게 되었다. 차 안은 좁았지만 가 는 내내 웃음소리가 그치지 않았다. 김 선배가 그들에게 꽃을 건네 며 너스레를 떨었기 때문이다. 그들은 이방인이 어설픈 네팔 말을 하는 게 재미있었나 보다. 웃고 떠들다 보니 차는 어느새 둔체에 도 착했다.

네팔 여성들이 내리고 나자 김 선배는 운전기사와 흥정을 하기 시 작했다. 내친김에 그냥 카트만두까지 더 가자고 한 것이다. 운전기 사는 자기 차가 아니라서 카트만두까지는 갈 수 없다고 했다. 시간 이 너무 많이 걸린다는 이유였다. 한참을 버티던 운전기사는 결국 100불짜리 지폐 한 장에 넘어가고 말았다.

우리를 태운 지프는 뽀얗게 먼지 이는 길을 달렸다. 카트만두를 향해. 마치 희뿌연 안갯속을 달리는 것 같았다. 그 와중에도 운전기 사는 누군가와 계속 통화를 했다. 한마디도 알아들을 수 없었으나 차주에게 거짓말을 하며 둘러대고 있는 건 분명해 보였다.

"잘 구운 삼겹살에 소주 딱 한잔만 했으면."

김 선배의 혼잣말이었다. 그날 오전 김 선배와 나는 호젓한 산길을 걸으면서 줄곧 먹는 것에 관한 얘기를 했다. 삼겹살과 소주에서 냉면, 된장찌개, 가자미식해, 짜장면, 떡볶이에 이르기까지 먹고 싶은 음식 목록이 끝없이 이어졌다. 좀 우습게 들릴지 모르지만 나와 김 선배가 히말라야를 걸으면서 나눈 대화는 대부분 먹는 것에 관한 얘기였다.

"임 선생, 인생이 뭐 별거 있습니까? 좋아하는 사람과 함께 맛있는 거 먹으면 그게 곧 행복한 인생인 거지. 자, 오늘 맘껏 드세요."

오래전에 어떤 이가 내게 한우를 사 주며 했던 말이다. 그땐 왠지 그 말투가 조금 귀에 거슬렸다. 얼마 전까지만 해도 명색이 교수였던 이가 돈 좀 벌었다고 저러는가 싶어서였다. 그런데 요즘 와서는 그 말이 참 일리가 있다는 생각이 든다.

몇 년 전, 나는 회사의 친한 PD들 다섯 명과 함께 '목요 미식회'라는 모임을 만들었다. 일주일에 단 하루만이라도 마음에 맞는 사람들과 여유 있는 점심을 즐겨 보자는 취지였다. 목요일마다 정해진 순서에 따라 호스트가 바뀌는데, 호스트는 가성비를 따져 가며 신중하게 메뉴와 음식점을 선정했다. 먹는 동안에는 가급적 일 얘기가 아닌 가벼운 대화를 나누며 음식의 맛을 함께 느끼는 데서 즐거움을 찾고자 했다.

누구와 함께 어떤 분위기에서 먹을 것인가. 나이를 먹을수록 이것이 무척 중요한 일이라는 생각이 들었다. 나와 잘 맞지 않는 사람이나 직장 상사 앞에서는 음식의 맛을 제대로 느낄 수가 없기 때문이다. 편한 사람과 함께라면 그 자체만으로도 좋지만, 거기에 음식까지 맛있으면 금상첨화다. 나는 언젠가 '목요 미식회' 모임에서 이런 우스갯소리를 한 적이 있다.

"행복이란, 마음에 맞는 사람들과 맛있는 음식을 먹으면서 누군가를 도마 위에 올리는 일이다."

김 선배 역시 '목요 미식회'의 멤버이다. 히말라야에 있는 동안 우리는 다섯 번이나 모임에 나가지 못했다. 히말라야의 산길을 걸을 때 '먹는 즐거움'이 더 그리웠던 이유 중 하나다.

다행히 우리가 꿈꾸었던 소박한 즐거움은 몇 시간 후에 바로 이루어졌다. 우리 일행이 저녁 늦게 카트만두에 도착했을 때, 장 사장의 집에서는 마침 구수한 된장찌개가 끓고 있었다.

> 도대체 이 세상에서 정말 즐거움을 주는 것이 몇 가지나 있는지 손꼽아 세어 보면 반드시 맨 먼저 손가락을 꼽아야 할 것은 음식이라는 것을 깨닫게 된다.
>
> _린위탕, 『생활의 발견』

어머니의 100만 원

안나푸르나 트레킹을 앞두고 카트만두에서 휴식을 취하는 동안 박타푸르Bhaktapur에 가 보기로 했다. 박타푸르는 카트만두에서 택시로 40분 정도 거리에 있는 중세 도시다. 한때 찬란한 문화를 꽃피우며 번성했던 네팔의 고도 박타푸르는 도시 전체가 유네스코 세계문화유산으로 지정된 곳이다.

박타푸르의 첫인상은 황토색이었다. 건물도 길도 온통 황토색이었다. 아름다워야 할 도시는 2015년의 지진으로 건물 곳곳이 무너져 있었다. 화려했던 왕국의 영화는 사라지고 없었다.

황토색 도시의 광장에서는 서민들의 생활상을 볼 수 있었다. 광장 곳곳에서 상인들이 농작물과 과일, 옷가지 등 각종 생필품으로 좌판을 벌여 놓고 있었다. 그런데 우리가 갔던 날은 닭을 파는 이가 유난히 많았다. 대나무로 엮어 만든 크고 작은 닭장 속에 닭이 몇 마리씩 포개질 듯 들어 있었고 그 주위로 사람들이 몰려들었다. 상인들이 내다 파는 것 중 일부는 오래된, 내 눈에는 일종의 문화재처럼 보이는 석조 건물의 계단 위까지 올라가 있었다.

광장 한 귀퉁이에는 하릴없이 멍하니 앉아 있는 사람들과 낮잠을 자는 사람들이 있었다. 다른 한쪽에는 신에게 기도를 올리는 사람들이 있었다. 우물가에서 수다를 떨며 물을 긷는 여인들도 있었다. 다양한 물건만큼이나 다양한 형태의 일상이 펼쳐져 있었다. 하지만 오래된 건물과 소박한 삶의

네팔 왕국의 고도, 박타푸르. 한때 찬란한 문화를 꽃피웠던 박타푸르는 여전히 중세의 모습을 간직하고 있다.

모습이 평화롭게 어우러져야 할 박타푸르는 아직 예전의 명성을 되찾지 못했다. 복구 중인지 임시방편인지 대나무와 목재 등 어설픈 지지대로 건물을 받치고 있는 현실이 안타까웠다.

쓸쓸한 마음으로 돌아서는 길, 어린 시절 배웠던 가곡 몇 소절이 귓가에 맴돌았다. 아무리 생각해도 노래 제목은 기억나지 않았다.

> *천년 꿈이 어린 성터에 앉아서*
> *서라벌의 옛 터전 그리워할 때*

2015년 네팔 지진의 상흔이 여전히 남아 있는 박타푸르.
박타푸르 광장은 네팔 사람들의 일상을 볼 수 있는 곳이다.

　다시 카트만두로 돌아오니 타멜 거리는 여전히 활기가 넘쳤다. 나는 캐시미어 제품 매장에서 파시미나Pashmina 스카프를 몇 개 샀다. 김 선배의 설명에 따르면 파시미나는 최고급 캐시미어라고 했다. 대부분 고가이기 때문에 잘 알고 사야 한다. 나는 김 선배의 경험과 안목을 믿고 과감하게 카드를 긁었다.

　숙소에 돌아온 후 장 사장에게 내가 산 파시미나를 보여 주니 네팔 최고 수준이라고 칭찬했다. 잘 샀다는 말에 마음이 놓였다. 이제 네팔에 머무는 동안 선물 사는 일로 신경을 쓰지 않아도 된다. 요즘은 해외여행을 가도 지인들 선물까지 신경 쓰는 일은 별로 없지만 내겐 그럴만한 이유가 있었다.

　네팔에 오기 전 나는 친지들로부터 적잖은 격려금을 받았다. 손윗동서와 매제, 그리고 가까운 친구가 각각 두툼한 봉투를 하나씩 내놓았다. 그것은 내 32년 직장 생활에 대한 위로의 뜻이었으리라. 특

박타푸르 광장의 상인들. 닭을 팔고 있는 사람들이 유난히 많았다.

히 손윗동서는 돈 봉투와 함께 소형 손전등, 스위스 칼 등 히말라야 트레킹에 필요한 물품까지 꼼꼼히 챙겨 주었다.

그리고 서울을 떠나기 며칠 전에 나는 전혀 뜻밖의 봉투를 하나 더 받았다. 어머니로부터였다. 봉투 속에는 만 원권 90장과 5만 원 권 두 장이 들어 있었다. 만 원권과 5만 원권이 섞여 있다는 건 어머니께서 평소 한 푼 두 푼 아껴 모은 돈이라는 증거였다.

어머니의 '100만 원'은 내게 남다른 의미가 있다. 어머니는 평생을 시장에서 좌판을 벌여 놓고 물건을 팔면서 우리 삼 남매를 키우셨다. 도시 변두리의 가난한 가정에서 자라난 내가 대학원까지 마칠 수 있었던 것은 모두 어머니의 헌신적인 사랑 덕분이었다. 그런 어머니에게 나는 그동안 내 손으로 용돈을 드려 본 적이 없다. 그렇게 무심했던 아들이 오히려 어머니로부터 용돈을 받은 것이다. 참으로 죄송스러웠다.

물론 그동안 어머니께 내 손으로 직접 용돈을 드리지 않았던 건 나름의 속셈이 있었다. 아내를 통해 용돈을 드리는 편이 고부 관계를 돈독히 하는 데 도움이 될 것이라는 판단 때문이었다. 게다가 나는 돈에 별로 관심이 없는 편이었고, 돈 관리에는 더욱 재주가 없었다. 그래서 아예 결혼 초부터 월급 통장을 아내에게 맡겼다. 그저 아내가 매월 쓸 용돈만 꼬박꼬박 주면 그것으로 만족했다.

나는 당장의 일상생활에 필요한 것이 충족되면 그것으로 만족하며 매일을 지냈다.

_몽테뉴, 『에세』

평소 어머니는 당신 자신을 위해서는 1,000원짜리 한 장도 허투루 쓰지 않는 분이다. 그렇게 근검절약하며 조금씩 아껴 모은 돈으로 가끔 우리를 놀라게 하신다. 손주들의 대학 진학, 사위나 며느리의 환갑 등 집안에 경사가 있을 때면 어머니는 꼭 100만 원짜리 봉투를 조용히 내놓곤 하셨다.

그중에서도 가장 인상 깊었던 장면은 내 딸 화연이가 미국 유학을 떠날 때였다. 그때 어머니는 예의 그 돈 봉투를 손녀 앞에 내놓으며 이런 말씀으로 덕담을 대신하셨다.

"뉴욕에 가거든 이걸로 예쁜 옷 한 벌 사 입고 괜찮은 남자 하나 꼬셔라."

손녀딸이 낯선 땅에서 추레하게 입고 다니다 혹여 업신여김을 받지나 않을까 걱정이 되셨던 모양이다.

> *사람은 자기 지역에서는 소문으로 평가받고, 다른 지역에서는 옷*
> *차림으로 평가받는다.*
>
> _유대 격언

어머니는 화연이가 태어났을 때 아내와 이런 대화를 나누셨다. 당시는 어머니가 시장에서 건어물을 팔고 계시던 때였다.

"너와 나 두 사람 중에서 누가 돈을 더 많이 버니?"

"제가 더 많이 벌죠."

"그럼 계속 네가 돈을 벌어라. 살림과 육아는 내가 맡으마."

그날 이후 어머니는 일을 그만두시고 집안 살림과 손주 키우는 일에만 전념하셨다. 어머니에게 화연이는 당신의 후반 30년 인생이 오롯이 담겨 있는 사랑의 결정체인 셈이다. 우리 부부는 그저 하숙생에 불과했다.

어머니는 나날이 늙어 가시는데도 여전히 집안일을 거들고 자식들의 밥상을 챙기신다. 이제는 그만두시라 해도 그것이 당신의 존재 이유라고 고집하신다. 그런 것도 못하면 늙은 몸뚱이가 어디에다 써먹겠냐고.

> *어머니의 사랑은 늙지 않는다.*
>
> _서양 속담

3장

풍요의 여신, 안나푸르나

무슨 일이나 어려움은 사물에게 가치를 부여해 준다.

_몽테뉴, 『에세』

그가 사랑한 도시, 포카라

"퇴직하면 포카라에서 라면 가게나 하며 살까?"

예전에 김 선배는 가끔 이런 얘기를 했다. 그는 히말라야의 산을 좋아했으나 그 못지않게 포카라도 좋아했다. 그가 노후에 살고 싶다고 할 정도로 마음을 준 도시, 포카라는 설산 아래 넓게 펼쳐진 호수와 여유로운 사람들이 있는 곳이다. 안나푸르나 트레킹을 위해서는 포카라로 가야 한다.

김 선배와 나는 아침 일찍 카트만두 숙소를 나와 포카라행 경비행기에 몸을 실었다. 난생처음 타 보는 프로펠러 비행기였다. 우리가 이용한 항공사는 네팔의 예티Yeti 항공이었다. 예티는 '히말라야에 사는 설인'이라는 뜻이다. 어감이 참 귀여운 단어다. 승객은 30여 명, 포카라까지는 30분 정도가 걸린다. 스튜어디스가 건네주는 커피 한잔을 마시고 나면 목적지에 도착한다.

커피를 한 모금씩 천천히 마시며 오른쪽 창밖을 바라보았다. 구름

포카라행 예티 항공의 내부, 승객은 30명 정도이다. 비행기 안에서 히말라야 설산이 보인다.

위로 히말라야 설산이 보였다. 총연장이 2,500킬로미터에 이른다는 히말라야, '신들의 땅'이라는 말이 실감 났다.

　네팔 제2의 도시 포카라의 공기는 상쾌했다. 카트만두와는 비교가 되지 않았다. 전날 비가 내린 탓인지 거리에는 먼지도 많지 않았다. 인도도 비교적 널찍해서 여행객이 여유롭게 걸을 수 있었다. 그리 높지 않은 산 아래 페와Phewa 호수가 시원하게 펼쳐지고 그 호수를 따라 긴 산책로가 형성돼 있었다. 산책로를 걷다가 문득 먼 산을 바라보면 구름 위로 설산이 보였다. 안나푸르나와 마차푸차레Machapuchare였다. 네팔 최고의 휴양지라 할 만한 풍광이었다.

우리나라에는 안나푸르나가 더 많이 알려져 있으나 네팔 사람들은 마차푸차레를 더 좋아하는 듯했다. 그들이 신성시하는 산, 마차푸차레는 마치 물고기 꼬리 같은 모양을 하고 있다고 해서 '피시 테일Fish's Tail'이라는 별명을 가지고 있다. 네팔 사람들은 피시 테일을 무척이나 아끼고 사랑하는 것 같았다. 포카라의 고급 호텔 이름도 피시 테일이었고 게스트하우스, 서점, 치킨집, 세탁소 등의 이름도 피시 테일이었다.

김 선배와 내가 포카라에 도착한 날은 마침 네팔 고유의 달력상으로 새해 연휴가 시작되는 때였다. 네팔력으로 2075년 새해를 하루 앞둔, 우리 식으로 말하자면 설 전날인 셈이었다. 페와 호수 주변, 즉 레이크사이드Lakeside에는 엄청난 인파가 몰렸다. 평소에는 각자 일터에서 일하느라 외국인들에게 내주었던 길을 네팔 사람들이 가득 메웠다. 도로 일부에서는 차량 통행도 통제하고 있었다.

젊은이들은 삼삼오오 짝을 이뤄 어디 클럽에라도 가는 모양이었다. 뭐가 그렇게들 즐거운지 너나없이 활기차게 웃었다. 젊음은 언제나 아름답다. 보고만 있어도 절로 기분이 유쾌해진다. 다 늙어 천만금이 있다 한들 젊음에 비하겠는가.

부유한 노인 가난한 젊은이만 못하고

_고계, 「비가」

다음 날, 드디어 새해가 밝았다. 네팔력으로는 그날이 새해 첫날이었다. 아침 식사를 마치자마자 나는 호기심을 가지고 거리로 나가 보았다. 새해맞이 거리 축제Street Festival가 있다는 얘기를 어디선가 들었기 때문이다. 그러나 눈길을 끌 만큼 특별한 행사나 큰 이벤트는 없는 것 같았다. 내심 흥미로운 퍼레이드나 폭죽 터뜨리기 같은 볼거리가 있지 않을까 기대했는데, 그런 건 눈에 띄지 않았다. 다만 거리에 외국인보다 네팔 사람이 훨씬 많다는 것이 평소와 다른 점이었다.

그때 호숫가에서 배를 기다리는 사람들의 긴 행렬이 눈에 들어왔다. 힌두 사원으로 가려는 이들이었다. 사원은 페와 호수 건너편에 있는 듯했다. 배의 수는 제한돼 있고 호수를 건너려는 사람들은 넘쳐나니 줄이 길 수밖에 없었다. 하지만 사람들은 기다림을 별로 개의치 않는 것 같았다.

배를 기다리는 행렬 주위로는 상인들이 좌판을 벌여 놓고 각종 과일과 음료수, 액세서리 등을 팔고 있었다. 그중 유독 흥미로운 건 좌판에 수북이 쌓인 오이였다. 네팔 오이는 우리나라 것보다 훨씬 더 통통하고 큰 편인데, 이것을 세로로 길게 잘라서 팔고 있었다. 네팔 사람들은 갈증 해소를 위해 오이를 많이 먹는 듯했다. 오이 좌판 옆에는 풍선과 솜사탕, 인형 따위를 파는 상인들이 어린이들을 유혹하고 있었다.

언제든 어느 곳이든 삶의 모습은 다양하다. 행복에 겨운 표정으로 새해 첫날을 맞는 사람이 있는가 하면 또 어떤 사람은 인파가 몰리는 장소에 나와 구걸을 하기도 한다. 가장 인상적인 건 악기를 연주하고 있는 시각장애인 가족의 모습이었다. 3대가 모여 이름 모를 타악기와 건반악기를 연주하며 노래를 부르고 있었다. 그들 앞에는 제법 많은 돈이 쌓였다. 새해 첫날이니만큼 적선을 통해 덕을 쌓으려는 사람들이 평소보다 많은 것 같았다.

나도 호수 건너에 있는 힌두 사원을 한번 가 볼까 했으나 곧바로 생각을 접었다. 줄이 좀처럼 줄어들 것 같지 않아서였다. 대신 호숫가 산책로로 발길을 돌렸다. 산책로를 오가는 사람들은 대부분 가족 단위로 보였다. 새해 첫날인 만큼 다들 한껏 차려입고는 호수를 배경으로 가족사진을 찍으며 즐거워했다. 함께 거닐며 사진을 찍거나 길거리 음식을 사 먹는 것만으로도 충분히 행복해 보였다.

행복한 가정은 미리 누리는 천국이다.

_로버트 브라우닝

포카라에 머무는 동안 내내 느꼈던 것이지만 그곳 사람들에게 시간의 흐름은 그다지 중요해 보이지 않았다. 급히 서두르거나 허둥댄다는 건 마치 '영혼의 평온'을 깨뜨리는 일인 듯했다. 네팔에서 한인 여행사를 운영하고 있는 장 사장은 그 점에 대해 언급하면서 이런 우스갯소리를 했다. 누군가 서두를 때면 그들은 이렇게 말하는 것 같다고.

"영혼이 아직 따라오지 않았으므로 영혼이 따라올 때까지 기다려라."

네팔력으로 새해 첫날 아침, 포카라의 한 길목에서는 시각장애인 가족이 타악기 등을
연주하며 행인의 적선을 기다리고 있었다.

그들은 언제나 '비스타리Bistari 비스타리(천천히 천천히)'를 외친다.
한국인의 '빨리빨리' 문화와는 전적으로 대비되는 삶이다.

김 선배가 사랑한 도시 포카라에는 여느 관광지에서나 볼 수 있는
북적거림이 없었다. 넓은 호수엔 뱃놀이하는 보트가 한가로이 떠 있
고 푸른 하늘엔 패러글라이딩 낙하산이 이리저리 떠돌았다. 호수 주
변은 관광객의 발길이 끊이지 않았지만 호객 행위라곤 거의 없었다.
카페나 레스토랑에 손님이 들어서도 뭘 먹겠냐고 보채지 않고 그냥
멍하니 앉아 있어도 더 필요한 게 없냐고 묻지 않았다.

포카라의 시간은 느리게 흘러간다. 그곳에선 여행자도 여유가 있

포카라의 페와 호수를 배경으로 한 가족이 사진을 찍고 있다.

고 상인도 느긋하다. 인생 뭐 그렇게 정신없이 살 필요가 있느냐고
묻는 듯했다.

인생은 경주가 아니라 음미하고 즐기는 기나긴 여정이다.

_러셀 로버츠, 『내 안에서 나를 만드는 것들』

욕망도 줄일 수 있을까

30여 년 전 내가 회사를 그만두겠다고 했을 때 이태원 시장에서 소주를 사 주며 말렸던 사람, 조 선배를 얼마 전에 만났다. 술 한잔 하는 자리에서 그는 최근 책이며 사진 등 많은 것을 버렸다고 말했다. 마르쿠스 아우렐리우스Marcus Aurelius의 『명상록』, 사마천의 『사기』, 베르나르 올리비에Bernard Ollivier의 『나는 걷는다』 등 몇 권의 책만을 남겨 놓고. 그랬더니 무척이나 후련하다고 했다.

그이는 무슨 생각을 했던 걸까. 책 몇 권만을 남기고 자신이 가지고 있던 물건을 모두 버리는 건 아무리 생각해도 보통 일이 아니었다. 그러나 나는 그의 심사를 미루어 짐작만 할 뿐 더 묻지는 않았다. 버리는 건 언제나 좋은 일이라고 맞장구를 쳤을 뿐이다. 그 자리에 함께 있던 김 선배도 동감을 표했다.

"이 세상에 내 것이라고 할 만한 건 아무것도 없어요."

우리가 소유한 것은 운명의 여신이 잠시 맡겨둔 것일 뿐 참된 나의 소유물이 아니다.

_에픽테토스

안나푸르나 트레킹을 떠나기 하루 전, 김 선배와 나는 호텔에서 미리 짐을 싸 놓기로 했다. 김 선배는 내게 이런 제안을 했다. 지난번 트레킹 때는 카고백을 두 개 사용했는데 이번에는 하나로 만들어 보자는 것이었다. 두 사람 모두 짐이 줄었으니 거기서 조금씩만 더 줄이면 가능하지 않을까. 그러면 포터를 한 명만 써도 된다. 비용을 줄일 수 있다는 얘기였다.

우리가 포터에게 맡겨야 할 짐의 무게는 약 28킬로그램이었다. 이건 한 사람의 포터가 지기엔 무리였다. 어떻게 해서든 20킬로그램 이하로 짐을 줄여야 했다. 과연 28킬로그램이나 되는 짐을 20킬로그램 안쪽으로 줄일 수 있을까.

결론부터 말하면, 짐은 줄이려 들면 줄일 수 있다. 무엇이 꼭 필요하고 어떤 게 없어도 되는지 지난번 트레킹을 통해 알게 되었기 때문이다. 운동화, 슬리퍼, 등산 가이드북, 헤드 랜턴, 보온병 등 있으면 유용하지만 없어도 큰 문제가 되지 않는 것은 과감하게 뺐다. 보온 셔츠, 겨울 내의, 장갑, 등산 양말 따위도 꼭 필요한 만큼만 추렸다.

"짐을 줄이고 나니 깔끔하고 좋네."

김 선배는 뭔가 큰일을 해낸 표정이었다. 뿌듯하기는 나도 마찬가지였다.

명창정궤明窓淨几. '햇빛이 잘 드는 창 밑에 놓여 있는 깨끗한 책상' 즉 말끔히 정돈된 서재를 뜻하는 말이다. 김 선배가 언제나 가슴속에 새겨 두고 있는 철학이었다. 그는 자신의 방을 마치 수도승의 방처럼 만들고 싶다고 했다. 그에게 명창정궤는 단순히 깔끔하게 정돈된 서재를 뜻하는 게 아니라 불필요한 것은 모두 버리고 싶다는 의미였다.

우리 사무실에도 명창정궤의 철학을 실천했던 PD가 한 사람 있었다. '목요 미식회' 멤버이기도 한 그이의 책상 위에는 언제나 노트북과 수첩 한 권만이 달랑 놓여 있었다. 방송용 테이프, 대본, 각종 서류, 연필꽂이, 책 등이 어지럽게 널린 다른 PD들의 책상과는 확연히 달랐다. 얼핏 보면 주인이 없는 빈 책상 같았다. 그 책상을 볼 때면 이런 소리가 들려오는 듯했다.

"나는 언제든 아무 미련 없이 떠날 준비가 되어 있다."

미련 없이 이 세상을 떠날 수 있도록 매일 연습하고, 지금 이 순간이 마지막일 수도 있음을 항상 명심하라.

_세네카

요즘은 나 역시 친구들과 마찬가지로 버리고 싶은 것이 많아졌다. 가끔 아내가 없는 틈을 타서 내 옷가지며 책을 내다 버리곤 하는데, 아직도 버릴 것이 많이 남아 있다. 그나마 내 것은 아내 몰래 버릴 수가 있는데 아내의 것은 마음대로 손댈 수가 없다.

아내는 얼마 전까지 일종의 인테리어 숍을 하나 가지고 있었다. 그런데 일을 접고 보니 남은 상품을 보관할 장소가 문제였다. 그것들은 결국 우리 집으로 들어왔는데, 소파 같은 건 덩치가 커서 거실을 무척 답답하게 만들었다. 비어 있던 딸의 방은 물품 창고로 변했다.

그 물건들을 헐값으로 처분하거나 친지들에게 선물로 주면 어떻겠냐고 제안해 보았으나 아내에게는 씨도 먹히지 않았다. 온라인으로 판매하고 있으니 이사 갈 때까지는 아무 말 말고 기다리라는 것이었다. 아내를 설득할 수 없었던 나는 미니멀리즘을 표방하는, 이를테면 『나는 단순하게 살기로 했다』와 같은 책을 사 주기도 했다. 역시 효과는 없었다.

> *충고를 하는 것은 언제나 어리석은 짓이다. 좋은 충고를 하는 것은 치명적인 일이다.*
>
> _오스카 와일드

안나푸르나 트레킹을 앞두고 짐을 줄이면서 문득 우리의 욕망도 이렇게 줄일 수가 있을까 하는 생각이 들었다. 분명 우리의 삶 속에도 꼭 필요한 욕구와 그렇지 않은 욕구가 있을 것이다.

나의 경우에 헛된 생각이나 불필요한 욕구는 나이를 먹어 가면서 자연스럽게 약해지고 있다. 가끔 친한 친구들과 얘기할 때면, 그런 게 과연 바람직한 현상인지 아니면 서글프다고 해야 할지 잘 모르겠다며 웃곤 한다. 그러나 나이가 들수록 돈, 명예, 쾌락 따위에 대한 집착은 내려놓아야 할 것 같다. 자칫 노욕이 될 수도 있기 때문이다.

우리는 어쩌면 무거운 짐을 등에 지고 두 손으로는 또 다른 짐을 끌면서 인생이라는 여행길을 힘겹게 걷고 있는 건지도 모르겠다. 나는 이제 남은 인생길을 가볍게 걷고 싶다. 그동안 등에 지고 있던 짐 중에서 불필요한 것들은 모두 버리고 홀가분하게 걷고 싶다.

> 모진 세월은 가고
> 아아 편안하다
> 늙어서 이리 편안한 것을
> 버리고 갈 것만 남아서
> 참 홀가분하다
>
> _박경리, 「옛날의 그 집」

등산화를 벗을 수 있는 여유

인간은 대개 한두 번 어려움을 겪고 나면 그 환경에 순응하게 된다. 거기서 더 발전하면 나중에는 힘든 상황을 즐길 수 있는 여유마저 생긴다. 군대를 갔다 온 사람이라면 누구나 다 체험적으로 알고 있는 얘기다.

공군 사관후보생 시절, 저녁점호 때면 우리가 '한 따까리'라고 불렀던 행사가 있었다. 군기를 잡기 위한 얼차려다. 당연히 이 시간에는 정신적, 육체적 고통이 따랐다. 그런데 그것도 익숙해지니까 나중에는 얼차려가 없으면 오히려 몸이 근질근질했다. 구대장이 내무반으로 다시 와 '푸닥거리'를 한바탕하고 가야 잠이 잘 왔다.

안나푸르나 트레킹도 그랬다. 랑탕 계곡 트레킹을 힘들게 끝내고 나니 마음의 여유가 조금 생겼다. 이번엔 왠지 잘 해낼 수 있을 것 같았다. 트레킹을 앞두고 짐을 줄였기 때문에 우리와 함께할 포터는 한 명뿐이었다. 대장은 여전히 김 선배였고 나와 가이드, 포터가 대원이었다.

카고백을 하나로 만들기 위해 덜어 놓았던 짐의 일부는 호텔에 맡겼다. 나머지는 김 선배와 내 배낭에 조금씩 나누어 담았다. 내가 메고 가야 할 배낭의 무게는 지난번 트레킹 때보다 무거워졌으나 발걸음은 훨씬 가벼웠다. 한번 해 봤다는, 경험이 주는 자신감 때문이다.

경험은 값비싼 교훈을 얻는 학교이다.

_이탈리아 속담

안나푸르나 트레킹을 즐기는 방법은 여러 가지이다. 딱히 정해져 있는 게 아니다. 트레커의 일정이나 체력에 따라 적절하게 코스를 선택할 수 있고 다양한 조합도 가능하다. 사람들이 일반적으로 선택하는 건 안나푸르나 베이스캠프 트레킹이다. 줄여서 ABC(Annapurna Base Camp) 트레킹이라고도 한다. 보통 7박 8일 정도 일정으로 다녀온다.

우리의 일정은 9박 10일이었다. 표준 일정에 푼힐Poon Hill 전망대 코스를 추가했기 때문이다. 푼힐은 날이 좋으면 파노라마처럼 펼쳐지는 히말라야 산군을 조망할 수 있는 곳이다. 해발고도가 3,200미터 정도로 고산병의 어려움도 없어서 누구나 쉽게 다녀올 수 있다.

우리 일행은 나야풀Naya Pul이라는 곳에서 물도 한 모금 마시고 옷매무새도 정리한 다음 드디어 안나푸르나를 향한 첫걸음을 내디뎠다. 내 앞에서 묵묵히 길을 가던 김 선배의 입에서 어느 순간 탄식이 흘러나왔다.

"허, 세상에 이렇게 변하다니. 전에는 우리가 다 걸어서 갔던 곳인데."

안나푸르나에도 개발의 바람이 불었다. 길을 닦고 넓히는 구간이 점점 늘어나고 있었다. 세계 각국의 트레커들과 생필품을 짊어진 당나귀들이 걸어서 갔던 길을 이제는 지프가 먼지를 일으키며 지나갔다.

김 선배가 지금껏 기억하고 있던 호젓한 산길은 머지않아 사라질지도 모른다. 그곳 주민들은 개발을 원하고 트레커들은 자연환경이 그대로 보존되기를 원한다. 그러나 개발과 보존이라는 상반된 가치가 함께 갈 수는 없다.

나야풀에서 힐레Hille라는 곳까지는 이제 지프로도 갈 수 있다는 가이드의 설명에 김 선배가 혀를 찼다.

"우리는 그냥 걸어갑시다."

이렇게 결정을 내린 김 선배가 포터에게는 지프를 타고 가라며 500루피를 건넸다. 짐을 줄였다고는 하나 여전히 무거운 카고백을 지고 뙤약볕 아래를 걸어야 할 포터가 안쓰러웠나 보다.

작은 호의도 때가 적절하면 받는 이들에게 지극히 큰 것이다.

_데모크리토스

포터는 차를 타고 우리는 걸었다. 봄 햇볕이 제법 따가웠다. 잠깐 걸었을 뿐인데 땀이 줄줄 흘렀다. 새해 연휴의 끝이라 그런지 아니면 트레커들이 차를 타고 이동하기 때문에 손님이 없어서인지 나야풀 마을의 로지나 식당은 대부분 문이 닫혀 있었다. 마을 분위기가 썰렁했다.

트레킹 첫날 일정은 그리 힘들지 않았다. 다만 오후의 따가운 햇볕이 땀깨나 흘리게 했을 뿐이었다.

둘째 날은 티케둥가Tirkhedhunga에서 고레파니Ghorepani까지 가는 일정이었다. 이 구간에는 돌계단이 무척이나 많았다. 두 시간 이상 돌계단을 올라가야 했다. 게다가 상당히 가파른 오르막길이었다. 그나마 다행인 건 계단과 계단 사이가 높지 않다는 점이었다. 계단 높이가 낮으니 확실히 체력 소모가 덜했다. 그렇다고 땀이 나지 않는 건 아니었다. 땀은 비 오듯 쏟아지고 그 땀이 눈에 들어가니 눈이 쓰렸다.

그런데 참 묘한 게 있다. 히말라야 트레킹을 하는 동안 여러 번 느낀 사실이지만, 고통 뒤에는 반드시 쾌감이 따른다는 것이다. 땀 흘리며 걷다가 잠시 쉬어 갈 때 마침 불어오는 바람은 그렇게 상쾌할 수가 없었다. 더운 여름날 연병장에서 훈련받던 때의 기억을 떠올리게 했다. 땀과 흙이 훈련복에 범벅이 되도록 땅을 박박 기다가 어느 순간 그대로 누워 잠시 쉬어 갈 때의 쾌감이란! 고통과 쾌감은 언제나 함께 다닌다.

여보게들, 사람들이 쾌감이라고 부르는 감정은 참 이상하기도 하

지. 쾌감은 그와 정반대되는 고통과 놀랍도록 밀접하게 연관되어
있으니 말일세. 둘 중 하나가 나타나는 곳에는 반드시 다른 것도
뒤따라 나타나지.

_플라톤, 『파이돈』

　간이 휴게소에서 점심 메뉴로 한국 라면을 주문했다. 음식을 기다
리면서 땀에 젖은 옷과 등산화, 양말을 벗었다. 옷과 양말은 햇볕에
말리고 발엔 통풍을 시켜 주기 위해서였다. 지난번 트레킹 때는 이
런 마음의 여유가 없었다. 등산복만 그럴듯하게 갖춰 입었지 트레킹
에 관한 한 난 촌뜨기였다. 산길을 걷다가 쉴 때도 등산화를 벗어 본
적이 없었다. 그건 내가 그만큼 긴장하고 있었다는 뜻이기도 했다.

　고등학교 시절, 지금은 한의사가 된 친구가 이런 질문을 했다.

　"뜨거운 쇠막대가 앞에 있을 때, 그것이 뜨겁다는 것을 알고 만지
는 사람과 모르고 만지는 사람이 있다면 누가 더 많이 고통을 받게
될까?"

　난 아직도 그 답을 잘 모르겠다. 그러나 분명한 건 무슨 일을 앞두
고 고통받을 것을 두려워하는 사람은 그것으로 이미 고통을 받고 있
다는 점이다. 트레킹을 하는 동안 마음이 심란해서 쉴 때도 제대로
쉬지 못한다면 거기에 무슨 즐거움이 있겠는가.

　트레킹을 즐기는 비결이란 별 게 아니었다. 쉬어 가는 곳에서 등
산화를 벗는 일이었다. 주위의 아름다움에 눈을 주고 들려오는 소리
에 귀 기울이며 시원한 바람을 느낄 수 있으려면 우선 등산화를 벗

안나푸르나를 향해 가는 길. 계단과 계단 사이가 그리 높지 않아 생각만큼 힘들지는 않다.

어야 한다. 그건 요령이 아니라 마음가짐의 문제였다. 등산화를 벗고 맨발로 앉으니 마음마저 여유로워졌다.

> 우리의 영혼은 긴장하지 않고 자연스럽게 활동할 때가 가장 아름답다.

_몽테뉴, 『에세』

삶을 축제로

"아빠, 빨리 내일이 왔으면 좋겠어."

화연이가 6년 전 뉴욕을 여행하면서 보냈던 카톡 문자다. 온종일 뉴욕 시내를 돌아다니는 게 얼마나 재미있었으면 잠자리에 드는 순간에도 빨리 내일이 왔으면 좋겠다는 생각을 했을까. 어쩌면 화연이는 살찔까 봐 다 먹지 않고 남겨 놓은 피자 한 조각을 생각하며 잠자리에 들었을지도 모르겠다.

'냉장고에 넣어 두었다가 낼 아침에 데워 먹어야지.'

내일이 기다려지는 삶, 이는 얼마나 큰 축복인가. 카톡 문자 속에 담겨 있는 딸아이의 흥분과 설렘이 서울에 있는 나에게까지 전달되는 것 같았다. 모름지기 좋은 삶이란 일상생활 속에서 이런 벅찬 감정을 최대한 많이 느끼며 살아가는 것이리라.

새벽 4시 반쯤 가이드가 방문을 두드렸다. 일어나라는 신호였다.

나는 눈을 비비며 잠에서 깼다. 사람이라는 게 이처럼 간사할 수가 있을까. 지난번 랑탕 계곡 트레킹을 시작했을 때는 하룻밤에도 몇 번씩 잠을 깨곤 했는데 어느덧 가이드가 깨워 줘야 일어날 수 있게 되었다.

겨울 내의에 오리털 파카까지 껴입고 밖으로 나갔다. 푼힐 전망대에 올라가 일출을 보기 위해서였다. 그러나 밖은 생각만큼 춥지 않았다. 캄캄한 새벽이지만 랜턴도 필요 없었다. 수많은 사람이 한꺼번에 움직이기 때문에 그저 앞에 가는 사람만 따라가면 되었다.

한 시간쯤 올라가니 주위가 밝아지면서 푼힐 전망대가 보였다. 전날 밤에 비가 내렸기 때문에 아침엔 시야가 좋을 것으로 예상했는데, 기대는 어긋났다. 구름 때문이었다.

푼힐 전망대의 높이는 해발 3,210미터. 날씨가 좋으면 마차푸차레, 안나푸르나, 다울라기리Dhaulagiri 등 히말라야의 높은 봉우리가 파노라마처럼 펼쳐지는 장관을 볼 수 있다. 하지만 아쉽게도 봉우리들은 모두 구름 속에 잠겨 있었다. 우리가 볼 수 있는 것이라곤 뾰족뾰족한 머리 부분뿐이었다.

잠시 후 구름을 뚫고 해가 떠오르자 여기저기서 환호성이 터져 나왔다. 일출의 순간은 언제나 감동적이다. 비록 기대했던 만큼의 장관은 볼 수 없었지만, 구름 사이로 빛나는 설산의 모습만으로도 다들 행복해하는 모습이었다. 김 선배와 나도 커피 한잔을 마시며 그 순간을 즐겼다. 적당히 추운 날, 산 위에서 좋은 사람과 함께 마시는 뜨거운 커피의 맛이란.

*지금 이 순간이 행복하다고 느끼는 데 필요한 것이라고는 단순하
고 소박한 마음뿐이었다.*

니코스 카잔차키스, 『그리스인 조르바』

푼힐 전망대에서 내려와 따다파니Tadapani로 가는 길에는 초입부
터 랄리구라스가 활짝 피어 있었다. 네팔의 국화인 랄리구라스는 멀
리서 보면 얼핏 진달래나 철쭉처럼도 보인다. 그러나 랄리구라스
는 진달래처럼 어디서나 흔히 볼 수 있는 꽃은 아니다. 적어도 해발
2,000미터 이상의 고지대에서 피는 듯했다. 생김새도 진달래처럼
애틋한 느낌을 주는 게 아니라 키가 크고 덩치도 크다.

어림잡아 수십 년은 된 듯한 키 큰 랄리구라스가 거대한 숲을 이
루고 있는데, 붉은 꽃송이가 아침 햇살을 받아 더욱 선명하게 빛났
다. 천산만홍千山萬紅, 그야말로 온 산이 붉게 타오르고 있었다. 랄리
구라스 꽃 모양을 자세히 보면 무척 흥미롭다. 꽃 한 송이 속에 또
열 개쯤 되는 작은 꽃송이가 모여 마치 부케처럼 하나의 다발을 이
루고 있다.

시간의 흐름에 따라 구름인지 안개인지 모를 것이 시야를 가렸다
가 열었다가를 반복하면서 몽환적인 분위기를 연출했다. 안개가 걷
히면 멀리 설산의 봉우리가 눈길을 사로잡았다. 그러다 다시 눈길을
돌리면 랄리구라스가 붉게 피어났다. 선계가 따로 있는 게 아니었다.

만일 괴테가 그 광경을 보았더라면 어떻게 노래했을까. 레몬꽃 피
는 남쪽 나라가 아니라 랄리구라스 붉게 타는 이곳을 여행했더라면.

꽃과 시인을 생각하다 보니 머릿속에 또 한 사람이 떠올랐다. 한평생 억세게도 운이 없었던 시인, 두보였다.

> 강가에 복숭아꽃 흐드러졌는데
> 알릴 곳 없으니 미칠 것만 같아
> 서둘러 남쪽 고을로 술친구 찾아갔더니
> 열흘 전 술 마시러 나가고 덩그러니 침상만 있네
>
> _두보, 「강변독보심화」

"한 조각 꽃잎이 날려도 봄빛이 깎인다"며 가는 봄을 아쉬워했던 두보. 그는 홀로 강변을 걷다 마침 흐드러지게 핀 꽃을 보면서 문득 친구를 떠올렸을 것이다. 친구와 함께 꽃을 보며 술을 마시는 건 얼마나 낭만적인 일인가. 그러나 친구는 이미 나가고 없다. 나는 랄리구라스 붉게 타는 아름다운 풍광을 김 선배와 함께 보며 즐겼다. 좋은 건 누군가와 함께 봐야 더 좋다.

길이 가팔라서 걷다 보면 땀이 났지만 힘든 줄 모르고 걸었다. 돌도 별로 없는 흙길이었다. 랄리구라스 붉게 피는 아름다운 길을, 그것도 흙길을 걷는다는 것은 얼마나 큰 축복인가. 산을 넘어 어디로들 가는지 이따금 네팔 사람들이 삼삼오오 무리를 지어 우리 앞으로 지나갔다. 김 선배와 나는 수줍은 표정의 그들과 정겨운 인사를 나눴다.

"나마스테!"

랄리구라스 꽃이 피어 있는 길. 선계가 따로 있는 게 아니었다.

"나마스테!"

참으로 글재주가 있는 이라면 단숨에 한 편의 시를 썼을 것이고 그림을 그릴 줄 아는 사람이라면 한 폭의 그림을 탄생시켰을 풍경이 이어졌다. 안타깝게도 재주라곤 이도 저도 없는 나는 그저 보고 즐길 뿐이었다. 오랫동안 마음속에 담아 둘 수 있도록 보고 또 보았다. 그곳을 지나치는 게 못내 아쉬워서 가던 걸음을 자꾸만 멈추었다.

> *모든 것은 덧없으며, 사라진다. 내일도 그 자리에서 언덕 뒤로 지는 해를 보고, 이른 아침 새소리를 들으며, 깊은 밤 하늘의 침묵을 느낄 수 있을 것인가? 그럴 수 없다면, 지금 그것을 깊이 맛보도록 하자.*
>
> *_헬렌 니어링, 『아름다운 삶, 사랑 그리고 마무리』*

나는 평소에 부암동 산책로 걷기를 좋아한다. 수성동 계곡에서 윤동주 시인의 언덕을 거쳐 백사실 길에 이르는 코스다. 그 길을 걷다 보면 '아트포라이프Art For Life'라는 카페가 나온다. 그 카페 마당에는 어울리지 않게 비석이 하나 세워져 있는데, 거기에는 사람 이름이 새겨져 있지 않다. 흥미롭게도 딱 다섯 글자만 새겨져 있다.

'삶을 축제로.'

내가 가장 좋아하는 말이다. 인생의 모토로 삼고 싶을 만큼.

나는 대학 다닐 때 축제에 별로 가 보지 못했다. 그래서 그 뜨거운 분위기를 잘 모른다. 그러나 축제가 꼭 '익사이팅한' 이벤트여야 할

부암동 카페 마당의 비석, '삶을 축제로'

필요는 없을 것이다. "빨리 내일이 왔으면 좋겠다"고 했던 딸아이의 말처럼 가슴 뛰는 삶, 곧 '내일이 기다려지는 삶'이 바로 축제와 같은 삶이 아닐까 하고 생각해 본다. 걱정도 고민도 없는.

오후 늦게 숙소에 도착하니 눈이 풀렸다. 다리 통증 때문에 좀 힘들긴 했으나 산행의 즐거움을 최대한 누린 하루였다. 내일은 또 어떤 멋진 풍경이 눈앞에 펼쳐질까 하는 기대감 속에서 잠을 청했다. 마치 화연이가 뉴욕에서 그랬던 것처럼. 네팔에 온 이후 처음 있는 일이었다.

인생을 꼭 이해해야 할 필요는 없다
인생은 축제와 같은 것
하루하루를 일어나는 그대로 살아 나가라

_라이너 마리아 릴케, 「인생」

석순옥 클래스룸

히말라야의 추운 밤, 우리 몸을 따뜻하게 데워 주는 물건이 하나 있다. 날진Nalgene 물통이다. 이 물통은 히말라야 트레킹에서 정말 유용하다. 뜨거운 물을 담아 침낭 안에 넣어 두면 일종의 난로 구실을 하기 때문이다. 잠시만 기다리면 침낭 속에 온기가 돈다. 1리터짜리 물통 하나가 그토록 큰 역할을 할 수 있다는 게 참으로 놀랍다.

특히 데우랄리Deurali의 로지에서 잘 때는 더욱 그랬다. 데우랄리는 우리의 최종 목표인 안나푸르나 베이스캠프를 눈앞에 둔 곳이다. 다음 날 좋은 컨디션으로 안나푸르나 베이스캠프까지 올라가기 위해서는 밤에 잘 자 두어야 하는데, 그때 날진 물통이 큰 도움이 되었다.

우리가 나야풀에서 데우랄리까지 걷는 데는 꼬박 닷새가 걸렸다. 때로는 숲길을 때로는 돌길을 걸었고, 어떤 날은 꽃길을 걷기도 했다. 오르막길과 내리막길이 반복되는 여정에는 시원한 바람도 있었고 갑작스럽게 쏟아지는 비도 있었다. 우리 인생과 다를 게 없었다.

데우랄리로 가는 여정의 초입에는 비레탄티Birethanti라는 마을이 있었다. 이곳엔 반갑게도 한글 표지판이 하나 세워져 있다. '쉬리 비레탄티 세컨더리 초등학교Shree Birethanti Secondary School', 산악인 엄홍길 씨가 세운 학교다.

"제가 꿈을 이루고 온전히 살아서 내려갈 수 있다면 살아남은 자로서 제 인생을 나누며 살아가겠습니다."

히말라야 16좌 등정이라는 위업을 달성한 엄홍길 대장. 그는 생사의 갈림길에서 히말라야 신에게 기도를 드렸다고 한다. 그리고 신과의 약속을 지키기 위해 10여 년 전부터 '엄홍길 휴먼재단'을 설립해 네팔의 산간 마을에 학교를 세우고 있다.

비레탄티 초등학교도 그중 하나였다. 김 선배는 그곳에서 잠시 쉬었다 가자며 학교로 들어갔다. 내가 운동장에서 기다리는 동안 혼자서 교실을 둘러본 김 선배의 감회는 남달랐을 것이다. 그 또한 엄홍길 휴먼재단의 이사직을 맡아 엄홍길 대장과 뜻을 함께하고 있기 때문이다.

히말라야에서 본격적인 고산 트레킹이 시작되는 건 대체로 사나흘 정도가 지나서부터이다. 이때는 보통 해발고도 3,000미터 지점을 걷게 되는데 점차 숨이 가빠진다. 그러나 그 전까지는 주위의 아름다운 풍광을 즐기며 수월하게 걸을 수 있는 길도 적지 않다. 상쾌한 공기를 한껏 마시며 울창한 나무숲을 걷는 구간이다. 수없이 느끼는 일이지만 공기 맑은 숲길을 걷는다는 건 얼마나 큰 축복인지.

흙에 두 발을 디디면, 기분 좋은 공기가 내 머리를 맑게 씻어 무한한 공간 속으로 데려가고, 그러면 어느덧 내 안의 치졸한 아집은 모두 사라진다.

_랠프 월도 에머슨

걷기 좋은 길이 끝나고 나면 그때부터는 오르막길과 내리막길을 반복해서 걸어야 한다. 오르막길은 언제나 힘들다. 세 시간 정도 오르다 보면 온통 땀으로 목욕을 하게 된다. 그럴 때 불어오는 바람은 또 얼마나 고마운 존재인지. 얼굴에 닿는 공기가 더없이 시원하다.

그러나 히말라야의 공기를 단순히 시원하다고 하는 건 적절한 표현이 아니다. 청량하다는 표현이 그나마 좀 나을지 모르겠다. 할 수만 있다면 밀폐된 용기에 가득 담아 가고 싶은 그런 맛이다. 청량함에 취해 잠시 눈을 감으면 어디선가 뻐꾸기 울음소리가 들려온다. 히말라야의 바람은 땀 흘린 이에게 주어지는 큰 보상이다.

트레킹 닷새째, 데우랄리까지 가는 길은 만만치 않았다. 안나푸르나 트레킹 코스 중 가장 힘든 일정이 아니었나 싶다. 아침 일찍부터 오후 늦게까지 힘겹게 걸었는데 도착 한 시간여를 남겨 놓고 비를 만났다. 서둘러 우의를 꺼내 입었다. 비를 맞으며 걷는 길에는 이전과는 전혀 다른 풍경이 눈앞에 펼쳐졌다. 큰 나무는 온데간데없이 사라지고 보이는 건 온통 험준한 바위산뿐이었다.

주변 풍경은 삭막한데 거대한 바위 절벽에서 내려오는 물줄기가 아름다운 장면을 연출했다. 켜켜이 쌓인 시간의 흔적이었다. 그렇게

엄홍길 휴먼재단에서 세운 비레탄티 초등학교와 석순옥 클래스룸

되기까지 얼마나 많은 시간이 필요했을까. 흐르는 물에 바위 절벽이
파이고 거기에 물길이 생겨나기까지. 물방울이 바위에 구멍을 뚫는
다는 것은 빈말이 아니었다.

> 그대는 보지 못하는가, 바위로 떨어지는 물방울도 결국에는 그
> 바위를 뚫어 버리는 것을?
>
> _루크레티우스, 『사물의 본성에 관하여』

비를 쫄딱 맞고 도착한 데우랄리의 로지는 시설이 매우 열악했다.
랑탕 계곡 트레킹 첫날 나를 당혹스럽게 했던 림체의 숙소를 연상케

했다. 부처님 반 토막 같은 김 선배의 입에서도 불만이 터져 나올 정도였다. 그러나 나는 이제 그런 일로 심란해하지는 않는다. 젖은 옷을 제법 능숙한 솜씨로 한곳에 정리하고 다음 날 입을 옷은 큰 비닐봉지에 넣어 따로 챙겨 놓았다.

식사 후에는 날진 물통에 뜨거운 물을 담아 침낭 속에 미리 넣어 두었다. 오전부터 땀을 많이 흘린 데다 오후에는 비까지 맞았으니 평소보다 체온 유지에 더 신경을 써야 했다. 침낭 안으로 들어갔을 때 물통은 기대를 저버리지 않았다. 온기가 돌고 있었다.

나는 김 선배 같은 이가 바로 날진 물통 같은 사람이 아닐까 하고 생각한다. 조용히 좋은 일을 하면서 주위에 온기를 돌게 하는 사람. 8년 전쯤, 어머니가 돌아가셨을 때 그는 부의금을 모두 비레탄티 초등학교 짓는 데 기부했다. 그 돈은 자신의 것이 아니라는 이유에서였다. 그것은 자신을 위해서가 아니라 무언가 좋은 일을 위해 쓰여야 했다.

비레탄티 초등학교에서 내가 운동장에 있는 동안 김 선배 혼자 교실까지 들어갔던 건 어머니를 만나기 위해서였다. 거기 4반 교실 Class-4 문 앞에 어머니의 명패가 걸려 있기 때문이다. '석순옥 클래스룸'. 그는 거기서 어머니와 무슨 대화를 나누었을까.

내가 '석순옥 클래스룸'에 관한 사연을 알게 된 건 히말라야 트레킹을 마치고 돌아온 후 한참 지나서였다. 어느 술자리에선가 김 선배는 술이 몇 잔 들어가자 이렇게 말했다.

"이 세상에서 가장 기분 좋은 일 중의 하나는 기부입니다."

비스타리 비스타리

안나푸르나 베이스캠프를 눈앞에 두고는 이런저런 생각이 많이 들었다. 내가 과연 목표 지점까지 잘 올라갈 수 있을까. 중간에 고산병 증세는 없을까. 만일 증세가 나타난다면 그걸 굳이 참고 올라가야 하는 걸까.

한편으로는 걱정이 되면서도 또 한편으로는 은근히 안나푸르나 베이스캠프까지 꼭 올라가고 싶다는 욕심이 생겼다. 그래야 서울에 돌아가서 히말라야 갔다 왔다는 소리를 할 수 있지 않을까? 얄팍한 허영심이었다.

아침 식사로 계란탕과 감자튀김을 주문했다. 그런데 식욕이 없어 음식에 손도 대지 못했다. 그냥 버리기는 아까워서 가이드와 포터에게 대신 먹지 않겠느냐고 물었다. 내가 입맛이 없어서 그렇다고, 그들의 기분이 상하지 않도록 조심스럽게.

이전에도 이런 경우가 몇 번 있었지만 그럴 때마다 그들은 별로 개의치 않는 듯했다. 담담하게 음식을 가져다가 둘이 나눠 먹었다. 소심하게 신경 쓰는 건 나뿐이었다.

"자, 다 같이 파이팅!"

김 선배가 출발 신호를 알렸다. 김 선배는 평소 지인들 사이에서 '히말라야 스탠다드'라 불리는 사람이다. 히말라야 트레킹 때는 그의 걸음 속도가 표준이라는 뜻이었다. 그는 어떤 경우에도 무리하지 않고 평소의 페이스를 유지했다. 그가 산길을 걸을 때 입버릇처럼 하는 말이 있다.

"비스타리 비스타리."

네팔 말 '비스타리'는 '천천히'라는 뜻이다. 높은 산을 오를 때는 처음부터 무리하지 말고 천천히 고도에 적응하면서 올라가야 한다. 그것만 잘 지키면 누구나 고산병 증세 없이 올라갈 수 있다는 게 그의 지론이었다.

그날 오전에 올라가야 할 목표는 일명 MBC(Machapuchare Base Camp)라 불리는 마차푸차레 베이스캠프였다. 이름에서 짐작할 수 있듯 그곳에선 마차푸차레가 손에 잡힐 듯 가깝게 보인다. 마차푸차레는 세계 3대 미봉 중 하나라고 할 만큼 자태가 빼어난 산이다.

데우랄리에서 MBC까지 올라가는 길은 비교적 수월했다. 다만 MBC의 해발고도는 약 3,700미터로, 가는 길에 고도를 500미터 정도 올려야 하기 때문에 고산병 증세에 신경을 써야 했다.

마침 날씨는 좋았다. 푸른 하늘 아래 깎아지른 듯 가파른 암벽 봉우리 사이로 마차푸차레가 조금씩 그 자태를 드러냈다. 설산의 모습은 언제 봐도 장엄하고 아름다웠다. 가이드의 말에 따르면, 네팔에서 마차푸차레는 신이 살고 있는 신성한 산이라 여겨 등반이 금지돼 있다고 한다.

"비스타리 비스타리."

천천히 천천히. 김 선배의 뒤를 따라 한 발 한 발 옮기다 보니 생각보다 빨리 마차푸차레 베이스캠프에 도착했다. 아침 식사가 부실했던 터라 이른 점심을 먹기로 했다. 메뉴는 한국 라면으로 정했다. 산속에서 그나마 입맛이 당기는 건 라면이기 때문이었다. 라면은 높은 산중에서 음식 이름과 우리가 기억하는 맛이 일치하는 유일한 메뉴였다.

라면을 맛있게 먹고 나니 자신감과 여유가 조금 생겼다. 그동안해 온 대로 천천히 걸어 올라가면 못 오를 게 뭐 있겠나 싶었다. 만일 고산병 증세가 나타나면 바로 하산하면 될 일이었다. 미리 걱정할 필요는 없었다. 반드시 베이스캠프까지 올라가야만 하는 건 아니니까. 이렇게 생각하니 마음이 편해졌다.

가파른 곳을 오르는 자가 정상까지 오르지 못한다고 해서 뭐가 그리 놀랄 일인가.

_세네카, 「행복한 삶에 관하여」

안나푸르나 베이스캠프로 올라가는 길은 생각보다 험하지 않았다. 급경사도 아니고 돌밭도 아니었다. 더구나 우리가 갔을 때는 길에 눈도 없었다. 김 선배는 그곳에 눈이 쌓여 있지 않은 건 처음 본다고 했다. 기후 온난화와 관계가 있는 건지도 모르겠다.

문제는 해발고도였다. 평소 둘레길이나 즐겨 걷던 사람이 4,000미터가 넘는 곳을 올라간다는 건 심리적으로 큰 부담이 되는 일이다. 발걸음이 조심스러울 수밖에 없었다. 숨이 찼다. '비스타리 비스타리'를 주문처럼 외면서 한 발 한 발 옮겼다. 그러다 잠시 걸음을 멈추고 뒤를 돌아보면 마차푸차레가 빛났다. 참으로 장엄한 모습이었다. 얼핏 보면 파라마운트 영화사의 로고를 연상시킨다.

그렇게 안나푸르나를 향해 오르다 잠시 멈춰 서서 마차푸차레를 뒤돌아보기를 반복하면서 두 시간여를 천천히 걸어 올라갔다. 드디어 안나푸르나 베이스캠프를 알리는 표지판이 보였다. 목표 지점까지 무사히 올라온 것이다.

로지의 의자에 앉아 주스 한잔을 마셨다. 더없이 시원했다. 고산병의 고통 없이 무사히 오르게 해 준 히말라야의 신께 감사를 드리고 싶은 심정이었다.

김 선배와 나는 말없이 안나푸르나를 바라보았다. 그런데 막상 안나푸르나를 바로 밑에서 보는 건 생각만큼 감동적이지 않았다. 나는 베이스캠프에서 안나푸르나를 바라보면 이른바 매슬로Maslow의 '절정경험Peak Experience' 같은 걸 느낄 수 있지 않을까 하고 기대했다. 대자연의 장엄함이 주는 황홀감 혹은 환희라고나 할까. 어떤 엑스타시

숨을 고르고 있는 김 선배의 뒤로 세계 3대 미봉 중 하나인 마차푸차레가 보인다.

extasy 같은 게 있을 줄 알았다.

하지만 아쉽게도 그런 건 없었다. 그보다는 목표 지점까지 한 발 한 발 땀 흘리며 걸었던 것이 더 큰 기쁨이었다. 군이 비유하자면 결혼 생활보다는 연애 과정이 더 재미있는 것과 마찬가지였다. 그러고 보면 인생사 대부분이 결말보다는 과정이 더 재미있는 건지도 모른다. 매회손에 땀을 쥐게 하던 드라마도 최종회는 의외로 싱겁지 않던가.

> 대부분의 기쁨은 목표를 향해 한 발 한 발 가까이 가는 과정에서 경험된다.
>
> _조너선 하이트, 『행복의 가설』

안나푸르나는 자신의 모습을 그리 오래 보여 주지 않았다. 어느새 흰 구름이 몰려와 안나푸르나 봉우리 대부분을 덮어 버렸다. 그렇다 보니 오히려 베이스캠프 아래에서 볼 때보다도 못했다. 아쉬운 마음으로 MBC를 향해 발걸음을 돌렸다. 숙소를 MBC로 정했기 때문이었다.

산길을 조심조심 내려가고 있는데 조금 전까지만 해도 웅장한 자태를 뽐내던 마차푸차레 주위로 구름이 몰려왔다. 순식간에 시야가 어두워지고 빗방울이 떨어졌다. 바람은 몹시 찼다. 히말라야의 날씨는 참으로 변덕스러왔다. 바람이 불며 비가 내리는가 싶더니 어느새 싸락눈도 함께 내렸다.

우리는 서둘러 로지로 돌아왔다. 따뜻한 차를 한잔 마시며 창밖을 바라보았다. 제법 많은 눈이 내리고 있었다. 안나푸르나 베이스캠프에 올랐다는 사실이 내심 뿌듯했다. 나로서는 '작은 기적'과도 같은 사건이었다. 20여 년 전 허리 디스크로 인해 500미터도 제대로 걷지 못했던 내가 안나푸르나엘 오르다니. 앞으로 살아갈 날에 대한 자신감이 생긴다.

무슨 일이나 어려움은 사물에게 가치를 부여해 준다.

_몽테뉴, 『에세』

후회는 없어도 회한은 남아

안나푸르나 베이스캠프의 해발고도는 4,130미터다. 누구나 쉽게
오를 수 있는 곳은 아니다. 그렇다고 해서 올라가기 어려운 곳도 아
니다. '비스타리 비스타리'를 지키며 꾸준히 오르기만 한다면. 나는
우리의 삶 또한 그러할 것이라고 믿는 편이지만 인생은 꼭 그렇지만
도 않은 게 사실이다.

히말라야에 다녀온 후 가끔 친구들로부터 안나푸르나 베이스캠
프까지 오르는 게 힘들지 않았냐는 질문을 받았다. 어느 자리에선가
나는 웃으며 이렇게 대답했다.

"좀 생뚱맞은 비유일지 모르나 안나푸르나를 오르는 일은 사회생
활로 치면 KBS 국장 정도 자리에 오르는 것과 비슷한 게 아닐까 싶
어."

내가 그렇게 대답했던 건 안나푸르나 베이스캠프보다 더 높은 곳
에 오르기 위해서는 고산병의 고통을 감내해야 하지만 베이스캠프

까지는 사실 그렇게 어려울 것도 없기 때문이었다. KBS의 경우도 비슷했다. 국장을 넘어 임원 자리에 오르기 위해서는 때로 고산병 이상으로 혹독한 대가를 치러야 하지만, 국장이 되는 건 주로 개인의 능력에 달려 있었다.

그렇다면 나는 왜 안나푸르나에는 곧잘 올라왔으면서 국장 자리에는 오르지 못했을까. 스스로 질문을 던져 놓고 보니 절로 쓴웃음이 나온다. 30여 년 PD 생활을 돌이켜 생각해 보면 나는 언제나 승진의 길에서 한 발짝 뒤처져 있었다.

무엇보다 나는 PD가 갖추어야 할 자질과 열정이 부족했다. 적성에도 잘 맞지 않았고 결정적으로 '끼'가 없었다. 나는 학교나 연구소 같은 곳에서 조용히 일하는 게 어울리는 사람이었다.

사람은 누구나 하기 싫은 일에 대해서는 그것을 회피하기 위한 이유를 만들어 낸다. 입사 초에는 가끔 아내에게 이런저런 이유를 대면서 PD는 분명 내게 잘 맞지 않는 옷이라고 하소연했다. 그럴 때마다 돌아오는 대답은 비슷했다.

"그게 무슨 소리야? 일단 KBS에 들어갔으면 사장까지 해야지."

아내가 남의 속도 모르고 농반진반 그런 얘기를 할 때면 마음은 더 답답해졌지만 언젠가부터 나도 PD 생활에 적응하려고 노력했다. 자꾸 현실에서 도망칠 생각만 하지 말자고 애써 나를 달랬다. 지금 있는 곳이 바로 내가 있을 자리라고.

앉은 자리가 꽃자리니라

네가 시방 가시방석처럼 여기는

너의 앉은 그 자리가

바로 꽃자리니라

_구상, 「꽃자리」

비록 그 일에 재주가 없는 사람이라 할지라도 애정을 쏟다 보면 어느 순간부터 그 일이 재미있어지기도 한다. 마치 처음에는 그토록 낯설고 힘들었던 히말라야 트레킹이 후반부로 갈수록 여유 있고 재미있어지는 것처럼.

나는 입사한 지 8년쯤 지나고 나서부터야 프로그램 제작에 재미를 느끼기 시작했던 것 같다. 그때 이후로 담당했던 〈TV쇼 진품명품〉〈도전 지구탐험대〉〈아침마당〉〈인간극장〉 등의 프로그램은 나름대로 열정을 가지고 만들었다.

특히 〈아침마당〉과 〈인간극장〉에는 온 정성을 다했다. 공원을 걸으면서도 머릿속엔 온통 프로그램 생각뿐이었다. 다행히 그에 상응해 시청자의 반응도 좋았다. 뿌듯했다.

그러나 일에서 느끼는 보람과 승진은 별개의 문제였다. 내게 승진의 길은 여전히 멀었다. 내 주위의 어떤 이들은 나를 승진 같은 것에는 연연하지 않는 사람이라고 생각했다. 그러나 사람이 어찌 그럴 수 있겠는가. 내심 바라면서도 겉으로 의연한 척할 수 있을지는 모르나. 무언가를 먹는 자리에서든 승진에서든 나 혼자만 소외된다는 건 솔직히 속 쓰린 얘기다.

'풍요의 여신' 안나푸르나. 보는 위치나 시각에 따라 다양한 모습을 보여 준다.

10여 년 전, 한 부서에 세 명의 PD가 같은 날 동시에 발령을 받았다. 나와 김 선배, 그리고 조 선배였다. 드문 인연이었다. 우리 셋은 다른 PD들이 질투를 할 정도로 잘 어울려 다녔다. 그만큼 서로 친했다. 그러던 중 조 선배가 가장 먼저 우리 부서를 떠나게 되었다. 국장으로 승진했기 때문이다.

그땐 문득 이런 느낌이 들기도 했다. 한 보육원에서 두 어린아이가 형, 동생 하며 친하게 지내고 있었는데 어느 날 잘 차려입은 부부가 찾아와 그중 예쁘장하게 생긴 아이만 데리고 간 듯한.

사람들은 종종 나에게 얼굴이 참 편해 보인다고 말한다. 만일 그렇게 보였다면 그건 아마 수없이 많은 체념에서 비롯된 결과일지도 모른다. 때론 체념하고 때론 관심을 다른 곳으로 돌리고. 책을 읽는 것도 좋은 방편이었다. 힘들 때는 주로 고대 그리스 철학에 관한 책을 읽었다. 에픽테토스를 만났고 에피쿠로스를 만났다. '받아들임'의 철학과 더 많이 '기뻐하는 방법'을 배웠다.

욕망의 자제를 실천하고 얻기 쉬운 것들, 존재의 기본적 욕구를 충족시키는 것들에 자족하며 거기서 넘치는 것들은 체념할 줄 알아야 한다. 간단한 공식이지만 이것이 인생을 근본적으로 뒤집어 놓을 수 있다.

_피에르 아도, 『고대 철학이란 무엇인가』

어떤 이들은 나를 "임 국장"이라고 불렀다. 사회에서 이처럼 누군가의 호칭을 올려 부르는 건 흔한 일이다. 그러나 방송국에 있을 때는 그것이 무척이나 쑥스럽고 거북했다. 자꾸 듣다 보니 지금은 그 호칭에 익숙해졌지만 그래도 가끔은 불편할 때가 있다. 마음속 깊은 곳에 여전히 자격지심 혹은 열등감 같은 게 남아 있나 보다.

무언가를 줍기 위해선 허리를 굽혀야 함에도 나는 그렇게 하지 못했다. 만일 내가 이런 이치를 좀 더 일찍 깨달았더라면 상황은 달라졌을까. 아니면 안나푸르나 베이스캠프에 올라갔어도 막상 기대했던 만큼의 감동은 없었던 것처럼 그게 그거였을까. 살아온 길에 대한 후회는 없지만 아련하게 가슴 한구석에 회한은 남는다.

꽃병을 손에서는 내려놓았지만 네 마음속에서는 내려놓지 못했구나.

_붓다

하늘 끝 어디엔들

어린 시절에 무척 인상적으로 보았던 사진이 한 장 있다. 드골^{De} Gaulle 프랑스 대통령 한 발짝 뒤에서 걸어오고 있는 부인의 사진이다. '이본느^{Yvonne} 아줌마'로 불리며 프랑스 국민에게 큰 사랑을 받았던 이본느 드골은 그 사진 속에서처럼 평생 앞에 나서지 않고 남편 한 발짝 뒤에 서서 내조를 했던 퍼스트레이디로 유명하다.

안나푸르나의 하산 길은 전날 내린 눈과 비로 인해 얼어붙었다. 여느 때처럼 앞장서서 내려가던 김 선배가 당황스러워했다. 길이 미끄러워서였다.

"현대 등산은 등산 장비의 싸움입니다."

평소 김 선배는 이렇게 너스레를 떨곤 했다. 그런데 그날 김 선배의 등산화가 미끄럼 방지에 약한 것이었는지 길이 너무 미끄럽다며 쩔쩔맸다. 그러더니 급기야는 나에게 먼저 내려가라고 했다.

"제가 어떻게 감히 대장님 앞에 서겠습니까?"

내가 웃으며 농담을 했다.

"대장이 어디 따로 있습니까?"

할 수 없이 내가 선두에 섰다. 히말라야 트레킹 여정 중 처음으로 김 선배의 앞에 선 셈이었다. 나는 네팔 여행을 떠나기 전에 몇 가지 다짐을 했다. 언제나 김 선배의 뒤에 서겠다는 것도 그중 하나였다. 마치 드골 대통령 뒤에 섰던 '이본느 아줌마'처럼.

그건 단순히 김 선배의 걸음 속도에 나를 맞추겠다는 뜻만은 아니었다. 내 마음가짐의 상징적 표현이었다. 어떤 경우에도 내 의견을 내세우기보다는 한 발짝 물러서서 김 선배의 판단과 의견에 따르겠다는 의미였다. 자칫 사소한 의견 대립으로 우리 사이에 갈등이라도 생길까 두려웠기 때문이다.

> 사안의 옳고 그름을 결정하는 마지막 판단은 가벼운 마음으로 상대방에게 양보해 주는 것이 좋다.
>
> _라 로슈푸코, 『잠언과 성찰』

평소에 아무리 격의 없이 지내고 마음이 잘 통하는 사이라 할지라도 같은 공간에서 한 달 이상 함께 생활한다는 것은 그리 쉬운 일이 아니다. 특히 산속에서 고산병 증세와 싸워야 하는 등의 극한상황에 처하다 보면 본의 아니게 신경이 날카로워질 수도 있다. 친했던 두 사람 사이에 그런 갈등이 생긴다면 아무리 좋은 여행을 한들 무슨 의미가 있겠는가. 네팔 여행을 떠나기 전 나는 이 점이 가장 두려웠다.

이혼을 하고 싶으면 부부 동반 여행을 떠나라.

_독일 속담

그러나 그건 기우였다. 김 선배는 힘든 상황 속에서도 항상 상대방 입장을 먼저 배려하는 사람이었다. 내가 보기에는 분명 짜증을 낼 만한 경우에도 표정과 말투에 변함이 없었다. 하루 이틀에 이루어진 인품이 아니었다.

'이 양반, 평소에 히말라야를 그렇게 좋아하더니 그동안 자연 속을 거닐며 이토록 마음 수련을 했던 모양이구나.'

나는 네팔에서 김 선배를 새롭게 발견했다. 네팔에 오기 전보다 그가 더욱 가깝게 느껴졌다.

그런데 히말라야 트레킹을 시작한 이래 처음으로 우리 일행 사이에 의견 대립이 생겼다. 그날 하루 일정을 어디에서 끝낼 것인가 하는 문제를 놓고 김 선배와 가이드의 의견이 달랐다. 가이드는 시누와Sinuwa에서 일정을 끝내자고 했는데 김 선배는 촘롱Chomrong까지 더 가자고 했다.

"시누와에서 촘롱까지는 얼마나 더 가야 하지?"

김 선배가 가이드에게 물었다.

"두 시간 반 정도 걸립니다."

가이드의 대답이었다.

"그렇게 많이 안 걸릴 텐데? 한 시간 반이면 되지 않을까."

그러자 가이드는 단호하게 말했다.

"두 시간 이상 걸립니다."

그 사이에서 난처해진 것은 나였다. 김 선배의 결정에 영향을 준 사람이 나였기 때문이었다.

아침에 길을 나서면서 나는 김 선배에게 촘롱에 있는 '저먼 베이커리German Bakery'를 상기시키며 촘롱까지 가자고 제안했다.

"저녁엔 촘롱의 저먼 베이커리에서 커피 한잔의 여유를 즐기시죠. 올 때 보니까 거기엔 에스프레소 커피도 있던데."

농담 반 진담 반으로 가볍게 한 제안이었는데 김 선배는 흔쾌히 그러자고 했다.

"아, 그래요? 그럼 촘롱까지 가야지."

김 선배의 결정에 가이드가 삐졌다. 그동안 탄탄했던 우리 대열이 흔들렸다. 앞사람과 뒷사람 사이 간격이 크게 벌어졌다. 김 선배는 앞장서서 평소보다 훨씬 빠른 걸음으로 걷고 가이드는 평소보다 아주 느린 걸음으로 걷기 때문이었다. 촘롱까지 한 시간 반이면 갈 수 있다고 한 사람은 빠른 걸음으로, 두 시간 이상 걸린다고 주장한 사람은 느리게 걸었다. 각자 자신의 말을 입증해야 하므로.

나는 중간에서 김 선배를 따라가기 바빴다. 게다가 비까지 내렸다. 더워서 땀이 나는 데다 우의까지 걸치니 죽을 맛이었다. 촘롱으로 가는 계단 길은 오르기도 만만치 않았다. 일단 계단이 엄청나게 많았다. 더구나 우리는 이미 지쳐 있었다. 몹시 지친 상태에서 힘든 계단 길을 오르는 건 흡사 유격 훈련을 받는 느낌이었다.

힘겹게 올라가는 길옆으로 작은 도랑이 하나 보였다. 도랑의 가장자리에는 이름 모를 풀이 파릇파릇 돋아나고 있었다. 그걸 보니 난데없이 미나리 무침이 생각났다. 살짝 데친 미나리에 식초와 설탕으로 맛을 낸, 어머니의 새콤달콤한 미나리 무침이 그리운 날이었다.

시계를 보니 이미 5시가 넘었다. 평소 같으면 벌써 로지에 도착해서 휴식을 취할 시간이었다. 비가 내려서인지 촘롱 거리에는 사람도 없고 썰렁했다. 길에 사람이 없어 혹시 저먼 베이커리도 문을 닫지 않았을까 은근히 걱정되었다. 기껏 가이드까지 삐지게 하고 어렵게 찾아왔는데 가게가 문을 닫았으면 참 멋쩍은 상황이 될 것 같았다. 그러나 다행히 저먼 베이커리는 영업 중이었다.

매장에 에스프레소 머신이 보였다. 나는 우선 그것만으로도 반가웠다. 산속에서 이탈리아의 유명 커피 브랜드인 라바짜Lavazza를 팔다니. 커피 외에 김 선배는 초콜릿 케이크 한 조각을, 나는 크루아상을 하나 주문했다. 오랜만에 먹는 달콤한 빵과 제대로 된 커피 한잔이 산행으로 지친 우리를 더없이 행복하게 했다.

나는 중국 문인 중에 소동파를 좋아한다. 자신의 삶을 사랑했고 자연을 좋아했으며, 인생의 어려운 시기에도 소탈하게 웃을 줄 알았던 사람이기 때문이다. 그는 낙천주의자였다.

커피를 마시며 만보기를 흘낏 보니 그날 하루에 3만 보 이상을 걸었다. 에스프레소 커피를 마시겠다는 일념 덕분이었다. 히말라야 깊은 산중에도 맛있는 에스프레소가 있었다.

하늘 끝 어디엔들 향기로운 풀 없으랴

_소동파,「접연화」

히말라야의 선물

"어때? 어제 내 말대로 촘롱까지 와서 자길 잘했지? 안 그랬으면 오늘 아침부터 땀깨나 흘렸을 거야."

햇볕이 따가운 아침, 김 선배가 의기양양하게 말했다. 아침부터 해가 이렇게 쨍쨍 내리쬐는데 계단으로 된 오르막길을 오르려면 얼마나 힘들었겠냐는 얘기였다. 전날 오후에 많이 걸어 두기를 잘했다는 뜻이다.

"네, 맞습니다."

삐졌던 가이드도 마음이 좀 풀렸는지 김 선배의 말에 고개를 끄덕였다. 아닌 게 아니라 날이 더우니 내리막길을 걷는 것조차 힘들었다. 조금만 걸어도 땀이 줄줄 흘렀다.

오전 나절을 꼬박 걸어 내려와 란드룩Landruk이라는 곳에 도착했다. 동네는 무척이나 조용했다. 허름한 식당에서 사이다 한잔으로 목을 축였다. 살 것 같았다. 그때 우리 눈앞에 지프가 두 대 보였다.

김 선배가 생각에 잠겼다.

잠시 후 김 선배가 가이드에게 말했다.

"여기서 오스트레일리안 캠프Australian Camp까지 얼마면 갈 수 있는지 한번 흥정해 봐."

오후에 걸어야 할 길을 걷지 않고 지프로 이동한다는 건 일정을 하루 앞당겨 하산하겠다는 뜻이었다. 랑탕 계곡 트레킹 때도 마지막 일정을 과감하게 바꿔 버리더니. 김 선배의 융통성은 알아줘야 한다.

가장 훌륭한 영혼은 다양성과 적응력을 많이 갖춘 영혼이다.

몽테뉴, 『에세』

하긴, 그런 것이 자유 여행의 장점일 터였다. 필요에 따라 일정을 바꿀 수도 있고 힘이 들면 한곳에서 오래 머무를 수도 있는. 어디 여행뿐이랴, 때론 우리 삶에도 그런 융통성이 필요하다. 김 선배는 이번 여정을 통해 가끔 전혀 예상치 못했던 변칙 혹은 융통성으로 나를 놀라게 했다.

나는 평소 좀 답답할 정도로 융통성이 없는 사람이다. 그래서 김 선배의 그런 여유를 배우고 싶다. 그이를 보고 있으면 피천득 선생의 수필에 나오는 '눈에 거슬리지 않는 파격'이라는 말이 생각난다. 청자연적이 돋보이는 건 바로 이 '눈에 거슬리지 않는 파격' 때문이다. 이것은 사람도 마찬가지이리라.

점심을 마친 후 우리는 오스트레일리안 캠프 입구까지 지프를 타고 가기로 했다. 그런데 지프에는 우리 일행만 타는 게 아니었다. 도중에 차를 세우고 자꾸 사람들을 태웠다. 사전에 예약이 되어 있던 것 같았다. 나중에 보니 지프 한 대에 무려 열두 명이 탔다. 차 안에 여덟 명, 지붕 위에 네 명을 태운 지프는 짐까지 잔뜩 싣고 덜컹거리며 먼지 나는 산길을 달렸다.

차에서 내린 곳은 폰타나Fontana라는 마을이었다. 여기서 호젓한 숲길을 따라 30분 정도 더 걸어 들어가면 오스트레일리안 캠프 표지판이 보인다. 해발 1,920미터에 있는 오스트레일리안 캠프는 최근에 뜨고 있는 이른바 '핫 플레이스Hot Place'였다. 푼힐 전망대만큼 힘들게 올라가지 않고서도 안나푸르나와 마차푸차레의 장관을 어느 정도 볼 수 있기 때문이다.

그곳의 로지들은 안나푸르나 트레킹 중에 봤던 로지들과는 분위기가 사뭇 달랐다. 산속의 로지가 그저 바람과 눈비를 막기 위한 곳이라면 그곳은 여행자가 차분히 휴식을 취할 수 있을 만큼의 시설이 갖추어진 숙소였다. 김 선배와 나는 여기에서 이틀 동안 묵기로 했다. 포카라의 호텔보다 숙박비가 훨씬 저렴했기 때문이다.

욕실에는 따뜻한 물도 나왔다. 모처럼 온수로 샤워를 하니 참으로 개운했다. 샤워 후에는 밖으로 나와 바나나 라씨Lassi를 한 잔 주문해 마셨다. 새콤달콤한 게 참 맛있었다. 행복은 어찌 보면 매우 단순한 것이다. 땀 흘린 후 시원한 음료를 마시거나 온수로 샤워를 하는 것,

의자에 앉아 커피를 마시며 멀리 있는 산을 바라보는 것, 좋은 사람과 함께 숲길을 걷는 것, 배고플 때 밥을 맛있게 먹는 것. 그야말로 존재의 기본적 욕구, 즉 에피쿠로스가 말하는 "자연스럽고도 필요한 욕구"를 채우는 것으로도 충분했다.

저녁 식사를 한 후 코냑을 한 잔 마셨다. 김 선배는 통풍 때문에 술을 마실 수가 없어서 코냑은 주로 내가 마셨다. 덕분에 술 한 병이 무척 오래갔다. 나는 트레킹 중에도 해발고도가 높지 않은 곳에서는 자기 전에 코냑을 한 잔씩 마셨다. 그때마다 김 선배는 코냑 효과가 대단하다며 놀렸다. 한 잔만 들어가면 바로 코를 골며 잠에 빠진다는 것이었다. 그날 밤도 난 행복하게 잠들었다. 천국이 따로 있는 게 아니었다.

> *침대에 눕는 것은 인생 최대의 즐거움 중 하나라고 나는 믿고 있는데, 이런 생각에 찬성하는 이는 정직한 사람이다.*
>
> *_린위탕, 『생활의 발견』*

오스트레일리안 캠프의 정원에 앉아 멀리 산 쪽을 바라보면 안나푸르나의 봉우리 윗부분이 보인다. 봉우리 아래쪽을 흰 구름이 감싸고 있어 마치 설산이 구름 위에 떠 있는 것 같다. 안나푸르나는 보는 장소나 시간에 따라 참으로 다양한 얼굴을 보여 주었다. 나는 그동안의 힘들었던 여정을 하나하나 떠올렸다.

랑탕 계곡 트레킹에 이어 안나푸르나 트레킹까지. 그건 짧지 않은 여정이었다. 트레킹을 시작했을 때는 내가 왜 이런 고생을 사서 하는지 후회가 되었다. 할 수만 있다면 그냥 포기하고 싶었다. 그러나 사나흘 고생하고 나니 그 뒤의 여정은 그런대로 견딜 만했다.

시간이 흐름에 따라 조금씩 마음의 여유를 찾아가면서 나중에는 트레킹이 주는 즐거움도 느낄 수 있었다. 대자연은 언제나 예상치 못했던 경이로움을 선사했고 내가 가진 것이 참으로 많다는 사실을 깨닫게 해 주었다. 자연 속에서 경이와 감사의 마음을 키우는 경험은 '좋은 삶'을 위해 꼭 필요한 요소일지도 모른다.

히말라야가 내게 준 선물은 그것만이 아니었다. 나는 이번 트레킹을 통해서 고소공포증을 떨쳐 버릴 수 있었다. 많은 것이 마음먹기에 달려 있다는 사실을 깨달았다. 안나푸르나 베이스캠프까지 큰 어려움 없이 올라갈 수 있었던 것도 의미가 있었다. 아직은 내가 건강하다는 것, 그러니 무엇이든 한 걸음 한 걸음 내딛다 보면 결국은 해낼 수 있다는 자신감을 얻었다.

그러나 내가 이번 여행에서 얻은 것 중 그 무엇보다도 소중하게 생각하는 건 김 선배와 아무런 갈등 없이 트레킹을 끝낼 수 있었다는 점이다. 히말라야가 내게 준 가장 큰 선물은 바로 우정의 확인이었다.

히말라야를 걸으면서 느꼈던 감동이나 영감 같은 건 시간이 지나면 서서히 희미해질 것이다. 그러나 히말라야가 내게 준 우정이라는 선물만큼은 오래도록 계속됐으면 한다.

삶의 행복을 위해 지혜가 줄 수 있는 가장 소중한 것은 단연 우정
이다.

_에피쿠로스

청소보다 중요한 일

"투데이Today, 클리닝 데이Cleaning day?"

로지 주인이 웃으면서 빨래하는 날이냐고 물었다. 우리가 정원의
빨랫줄뿐만 아니라 계단 난간에까지 온통 옷가지를 널어놓았기 때
문이다. 처음부터 본격적으로 빨래를 할 생각은 아니었다. 햇볕이
좋기에 당장 필요한 속옷이나 양말 따위만 대충 주물럭거린 다음 말
릴 생각이었다. 그동안에도 가끔 빨래를 했지만 깊은 산중에서는 옷
이 제대로 마르지 않고 눅눅한 상태로 남아 있었다. 그런데 하다 보
니 일이 커져 버렸다.

사실 난 빨래나 청소 같은 일을 그리 좋아하지 않는다. 여기에는
파리에서 연수하고 있을 때 알게 된 미셰린 선생님의 영향이 크다.
30여 년 전 파리의 어학원에서 미셰린 선생님에게 3개월간 불어를
배웠다. 미셰린 선생님은 아시아인의 언어 습관이나 사고방식 등에
대해서도 이해가 깊은 할머니 선생님이었다.

수업 시간에 미셸린 선생님은 한국의 어머니에 관한 얘기를 해 보라고 했다. 그땐 내가 불어를 막 배우기 시작한 때여서 하고 싶은 말을 제대로 표현할 수가 없었다.

"뽐 드 떼르Pomme de Terre."

내가 겨우 "감자" 하고 운을 뗀 후 말을 더듬거리자 미셸린 선생님은 얼른 나를 대신해서 다른 학생들에게 설명해 주었다. 내가 하려던 말을 다 알고 있다는 듯이.

"감자는 자기 몸을 양분 삼아 새로운 싹을 틔운 후 쭈글쭈글해지는데, 한국의 어머니가 바로 그렇다."

또 어느 날인가는 파리에 대한 첫인상을 말해 보라고 했다. 그땐 내가 불어를 어느 정도 할 수 있게 된 때였다.

"파리는 내가 어려서부터 동경하던 도시였는데, 막상 와서 보니 거리에 개똥도 많고 생각보다 깨끗하지 않았습니다."

그리고 나는 이렇게 뒷말을 이어 갔다. 내심 자랑스럽게.

"서울 시민들은 매월 1일 아침이면 모두 거리에 나와 청소를 합니다. 만일 파리 시민들도 그렇게 한다면 파리를 지금보다 훨씬 깨끗하고 아름다운 도시로 만들 수 있을 것입니다."

나는 당시 우리나라에서 매월 첫날 아침이면 스피커를 통해 흘러나오던 〈새마을 노래〉와 함께 시민들이 청소하던 모습을 떠올렸다.

"새벽종이 울렸네, 새 아침이 밝았네."

그건 1970년대 초부터 시작된 범국민적 근대화 운동 즉, 새마을 운동의 일환이었다.

짧은 불어 실력으로 더듬더듬 얘기하는 걸 조용히 듣고 계시던 미셰린 선생님은 내게 이렇게 말했다.

"무슈 임Monsieur Im, 우리 인생에는 청소하는 것보다 훨씬 더 중요한 일이 많아요. 그리고 파리 시민들은 그렇게 동원할 수도 없고요."

그 말은 큰 충격이었다. 그때까지의 난 국가 권력에 의해 잘 길들여진 인간이었던가 보다. 망치로 한 방 크게 얻어맞은 느낌이었다. 그날 이후 미셰린 선생님의 말을 곱씹어 보기 시작했다. 정작 중요한 일보다는 사소하고 부차적인 일로 자신을 괴롭히며 살아 온 건 아니었는지.

KBS 입사 초에 난 방송용 테이프를 들고 다니는 게 무척이나 싫었다. PD들이 흔히 헬리컬Helical이라고도 불렀던 그 테이프는 크기가 꼭 피자 한 판만 했다. 그런 걸 대여섯 개씩 들고 복도를 걷다 보면 무겁기도 했지만 그보다 나를 힘들게 한 것은 단순노동자가 된 듯한 자괴감이었다. 단순 업무보다는 빨리 기획이나 연출을 하고 싶은 욕심이 컸던 때였다. 가끔 나보다 어린 입사 동기 아나운서들과 마주칠 때면 내 모습이 더욱 초라해지는 것 같았다.

미셰린 선생님의 말씀을 듣는 순간 내 얼굴은 일시적으로 붉어지고 말았지만, 마음속 울림은 작지 않았다. 그날 이후 내 사고방식은 확 바뀌었다. 인생에서 정말 중요한 것이 무엇인지를 생각하게 되었고, 쓸데없는 편견이나 남의 시선 따위에는 크게 연연하지 않게 되었다. 특히 매사 지나칠 정도로 심각하게 생각하는 나쁜 습관을 버렸다. 우리 인생에서 그렇게 심각하게 받아들일 만한 일은 그리 많지 않다는 사실을 깨닫게 된 것이다.

> 죽음을 앞둔 사람들이 가장 후회하는 것은 '삶을 그렇게 심각하
> 게 살지 말았어야 했다'라는 것이다. 우리 모두는 별의 순례자이
> 며 단 한 번의 놀이를 위해 이곳에 왔다.
>
> _엘리자베스 퀴블러로스, 『인생수업』

프랑스 연수를 마치고 돌아온 후 나는 직장에서도 예전과 달라졌
음을 스스로 느낄 수 있었다. 방송 일이 적성에 맞지 않는다고 지레
겁을 먹거나 무작정 회피하려 들지는 않게 된 것이다. 특히 별것 아
닌 일로 마음의 상처를 받거나 자괴감을 느끼지 않으려고 애를 썼
다. 이를테면 PD가 방송용 테이프를 들고 다니는 건 대학교수가 책
을 들고 다니는 것과 별반 다를 게 없다는 식으로 생각이 바뀌었다.
나에게 있어서 그건 큰 변화였다.

> 인간에게 있어 가장 아름다운 진실은, 마음가짐을 바꾸면 현실을
> 바꿀 수 있다는 점이다.
>
> _플라톤

해 질 녘에 빨래를 걸었다. 속옷이나 손수건처럼 얇은 건 그런대
로 말랐는데 부피가 좀 나가는 옷은 역시 눅눅했다. 아무리 햇볕 좋
은 날이라 해도 해발 1,900미터가 넘는 곳에선 빨래가 잘 마르지 않

오스트레일리안 캠프는 얼마 전부터 뜨기 시작한 핫 플레이스다. 여기서도 운이 좋으면 안나푸르나와 마차푸차레를 감상할 수 있다.

는 게 정상인가 보다. 군 복무 시절의 경험을 생각해 보면 그것도 이해가 됐다. 용문산 꼭대기의 장교 숙소에서 빨래를 말리기 위해서는 한여름에도 약하게 난로를 피워야 했다. 그곳 높이가 약 1,150미터였다.

저녁 식사 때까지는 아직 시간이 남아 있었다. 나는 다시 정원 의자에 앉아 안나푸르나를 바라보았다. 봉우리는 이미 구름 속에 잠겼다. 그 위로 언뜻 미셰린 선생님의 얼굴이 겹쳐졌다. 나를 보며 미소 짓던 예전 모습 그대로였다. 미셰린 선생님은 내 불어 실력이 조금씩 나아질 때마다 놀라워하는 표정과 함께 따스한 미소로 격려해 주곤 했다.

미셰린 선생님은 아직 살아 계실까. 30여 년 전 선생님이 했던 말의 의미를 다시 한번 새겨 본다. 청소라는 활동이 무엇보다 중요한 이들에게는 쉽게 수긍하기 어려운 얘기일지도 모르겠다. 톨스토이 Tolstoy 같은 이는 심지어 "청소나 빨래 같은 일상적인 노동을 무시하고는 훌륭한 삶을 살 수 없다"고까지 했을 정도니.

그러나 어떤 이에게는 대수롭지 않아 보이는 말 한마디가 누군가에게는 평생의 교훈이 되기도 한다. 내겐 미셰린 선생님의 말이 그랬다. 미셰린 선생님이 그때 했던 얘기는 청소가 중요하지 않다는 말이 아니었다. 다만 상대적으로 덜 중요한 일에 신경 쓰느라 정작 중요한 일을 놓치게 되는 우를 범하지 말라는 얘기였다.

4장

무위의 즐거움

저녁이 오기 전에 그날을 칭송하지 말라.

_독일 속담

네 영혼을 자유롭게 하라

안나푸르나 트레킹을 마치고 포카라로 돌아왔을 때 김 선배가 한 가지 흥미로운 제안을 했다. 그동안 공금으로 쓰고 남은 돈의 절반을 나눠 줄 테니 이제부터는 알아서 쓰자는 것이었다. 네팔에 온 이후 돈 관리 및 지출은 모두 김 선배 몫이었다. 여행 일정도 모두 김 선배가 짰다. 다 신경을 많이 써야 하는 일이었다. 어찌 보면 그동안 난 참 편한 여행을 했던 셈이다. 그런데 이제 트레킹이 끝났으니 돈도 각자 알아서 쓰고 시간 보내는 것도 각자 취향대로 하자는 것이었다. 난 그저 웃으며 그러자고 했다.

네팔에 온 이후 처음으로 혼자 길을 나섰다. 페와 호수 산책로를 느긋하게 홀로 걸었다. 편한 옷차림에 양말도 없이 슬리퍼만 신었다. 누군가와 걸음을 맞추거나 대화를 이어 나가기 위해 신경 쓸 필요가 없었다. 그 순간만큼은 아무런 걱정도 없었다. 모든 것이 자유로웠다.

사실 여행의 참된 맛은 낯선 곳을 혼자 걸을 때 비로소 맛볼 수 있다. 예전에 아내와 유럽 여행을 할 때도 어떤 날은 따로 다닌 적이 있다. 이를테면 호텔에서 함께 아침 식사를 한 후 헤어져 각자 시간을 보내다가 저녁에 다시 만나는 것이다. 말하자면 '따로 또 같이' 하는 여행이다.

파리를 여행했을 때, 나는 '고흐의 마을'이라 불리는 오베르 쉬르 우아즈Auvers-Sur-Oise에 가 보고 싶었다. 오베르는 고흐가 생을 마감하기 전 〈오베르 교회〉 등을 그리며 잠시 머물렀던 곳이다. 고흐는 평생의 후원자였던 동생과 함께 거기에 잠들어 있다. 나는 그곳에 가고 싶었다. 그런데 아내는 엑스포 관람을 원했다. 자신이 하는 일과 관련이 있기 때문이었다.

그럴 땐 부부가 각자 일정대로 움직이는 게 서로 편하다. 나는 아내와 헤어져 혼자 오베르행 기차를 탔다. 달리는 기차에 앉아 창가에 몸을 기대고 창밖 풍경을 바라보니 비로소 진정한 여행을 하고 있다는 느낌이 들었다.

함께 서 있으되 너무 가까이 있지는 마라. 그래서 하늘 바람이 너희 사이에서 춤추게 하라.

_칼릴 지브란, 『예언자』

편안한 마음으로 호숫가를 걷고 있는데 한 카페의 상호가 눈길을 끌었다. 'The Freedom', 자유라는 이름이었다. 가던 걸음을 멈추고 그 밑에 쓰여 있는 글을 읽어 보았다. "Let your soul be free." 네 영혼을 자유롭게 하라. 멋있는 말이다. 카페 정원에 앉아 에스프레소 투 샷이 들어간 카페 룽고^{Caffe Lungo}를 주문했다. 커피 맛이 진했다. 때마침 페와 호수에서 불어오는 바람이 상쾌했다. 무엇보다 혼자라는 홀가분함, 그리고 자유로움이 참 좋았다.

"아빠, 우리 집 가훈이 뭐야?"

초등학교 3학년이었던 아들이 갑자기 물었다. 방학 숙제라고 했다. 당시 우리 집엔 가훈이 없었다. 뭐라고 답을 해야 할지 당혹스러웠다. 나는 순간적으로 우리 집 가훈이 '믿음으로 일하는 자유인'이라고 둘러댔다.

사실 그건 내가 다녔던 신일고등학교의 교훈이었다. 나는 그 교훈이 참 마음에 들었다. 특히 '자유인'이라는 말이 좋았다. 그건 비단 나뿐만이 아니었다. 우리 고등학교를 나온 친구들은 대부분 교훈을 자랑스럽게 생각했다. 뭘 잘 모르던 어린 시절에도 자유라는 건 그만큼 소중한 가치로 여겨졌던가 보다.

좋은 삶 혹은 행복한 삶을 위해선 자유가 필수적인 요소다. 자유란 한마디로 자신이 원하는 바를 하는 것이기 때문이다. 한편 자유는 어떤 조직이나 사람으로부터 혹은 육체적 고통이나 정신적 번뇌로부터 얽매임이 없는 상태, 즉 그 무엇으로부터도 속박받지 않는 상태라고 할 수 있다. 자유인으로 산다는 것은 스스로 온전히 자기 삶의 주인이 되는 것이다.

참된 자유는 자신에게 전적인 권한을 갖는 일이다.

_몽테뉴, 『에세』

나는 육십 이후가 바로 자유로운 영혼, 곧 자유인으로 살아가기에 적합한 때가 아닌가 한다. 이때는 성공에 대한 압박감이나 조직 내의 상승 욕구, 그리고 젊은 날 나를 속박하던 정념의 굴레로부터 어느 정도 벗어날 수 있는 시기이기 때문이다.

누군가의 눈치를 볼 필요가 없을 뿐만 아니라 다른 사람의 평판으로부터도 자유로울 수 있다. 그리고 무엇보다 얽매인 조직이 없으니 상사라고 해서 무조건 얼굴빛을 고치고 허리를 굽힐 필요가 없다. 마음에 맞지 않거나 불편한 사람과 함께 밥을 먹어야 할 이유도 없다.

나는 도연명을 존경한다. 그는 젊어서부터 한평생 관직이든 술자리든 "가고 머무름에 미련을 두지 않았기" 때문이다. 그의 오두미五斗米(다섯 말의 쌀, 즉 적은 봉록) 일화는 읽을 때마다 통쾌하기 이를 데 없다. 도연명이 관직에 몸담고 있을 때 "머리에 띠를 묶고 예를 갖춰 상관을 맞이해야 한다"는 아전의 말에 탄식하며 그 길로 관직을 버렸다고 하지 않던가.

내가 어찌 다섯 말의 쌀 때문에 허리를 굽히고서 시골의 소인을 대하겠는가

_도연명

젊었을 때 도연명의 오두미 일화를 읽으면 속이 후련해졌지만, 난 사실 그처럼 호연지기를 펼쳐 보지는 못했다. 그래서 이제 내 삶의 남은 기간만큼이라도 그를 본받아 살고 싶다. 지금 내 나이는 타고난 본성에 따라 살 수 있는, 또 그렇게 살아가야 할 시기라고 생각하는 까닭이다.

나는 이제 마음 가는 대로 살고 싶다. 적어도 우리 나이엔 썩 마음 내키는 일이 아니면 굳이 할 필요가 없고, 마음 가는 일이라면 그대로 마음을 따라가는 게 옳지 않을까 한다.

> 누구든지 웬만한 정도의 상식과 경험만 있다면, 자신의 삶을 자기 방식대로 살아가는 것이 가장 바람직하다.
>
> _존 스튜어트 밀, 『자유론』

인생 레시피 7 대 3

"열심히 일해서 돈 많이 벌어라."

로지의 정원에서 조촐한 송별 파티를 할 때 내가 포터에게 했던 말이다. 파티라고 해 봤자 닭튀김 한 접시 시켜 놓고 술 한잔하는 게 전부였지만, 나름대로 송별의 아쉬움을 달래는 자리였다. 나는 거기서 내 아들 또래의 포터에게 돈 많이 벌라고 덕담을 했다. 그가 짊어진 삶의 무게가 무거워 보였기 때문이다. 그러자 김 선배는 포터에게 이렇게 말했다.

"우리 인생에서 돈은 그렇게 중요한 게 아니야."

물론 그것도 맞는 말이다. 그러나 나는 계속 그 주제로 대화를 이어 가고 싶지는 않았다. 술이나 마시자고 했다.

사람들은 흔히 요즘 세대가 지나치게 물질만능주의 혹은 배금주의에 물들어 있다고 개탄하곤 한다. 그러나 곰곰이 생각해 보면 젊은이들만 탓할 수는 없을 것 같다. 사회 전체가 그렇게 돌아가고 있고 요즘 세대는 그걸 보면서 자랐기 때문이다.

> 요즘 젊은 사람들은 돈이 전부라고 생각한다. 그리고 나이가 들면 그게 사실이라는 것을 알게 된다.
>
> _오스카 와일드

인류가 화폐를 만들기 시작한 이래로 그것만큼 인간을 속박한 것이 또 있을까. 원하는 것은 무엇이든 말해 보라는 알렉산드로스 Alexandros 대왕에게 "햇빛을 가리지 말고 조금만 비켜 달라"고 했다는 디오게네스 Diogenes 가 아닌 바에야 누구도 돈을 무시하고 살 수는 없다. 자유로운 영혼으로 살아가려면 우선 경제적 뒷받침이 따라 줘야 하는 게 현실이다.

돈이 없을 때 영혼은 얼마나 큰 속박을 받게 되는지. 러시아의 대문호 도스토옙스키 Dostoevsky 도 예외는 아니었다. 수많은 사상가와 예술가에게 큰 영향을 끼친 도스토옙스키는 오직 돈을 위해 글을 쓴 작가로 알려져 있다. 말하자면 생계형 작가였다. 젊어서부터 낭비벽이 심했을 뿐만 아니라 도박까지 즐겼던 그는 늘 돈이 부족했다고 한다. 글을 쓰기도 전에 선불을 받아 썼다. 그가 언제나 불리한 조건에서 낮은 원고료를 받을 수밖에 없었던 이유다.

귀족 출신이었던 톨스토이와는 달리 도스토옙스키는 평생 돈 때문에 전전긍긍했고 죽을 때까지 돈의 굴레에서 벗어나지 못했다고 한다. 그에게 돈은 곧 자유였다.

돈은 주조된 자유다.

_도스토옙스키

나는 평소 7 대 3이라는 비율을 좋아한다. 이것은 내가 어떤 상반된 가치관이나 원칙 등에서 선택을 할 때 균형을 취하는 나름의 전략이다. 소위 중용이라는 게 꼭 산술적 중간치를 의미하는 것은 아니기 때문이다.

나는 나다운 것, 즉 나의 타고난 본성에 맞는 것이나 내가 옳다고 생각하는 것에 7의 비중을 둔다. 그리고 그 외의 다른 중요한 요소에 3의 비중을 둔다. 이를테면 나는 요즘 에피쿠로스의 쾌락주의에 관심이 많은 편이다. 그렇다고 해서 금욕적 스토아주의를 완전히 버린 것은 아니다. 이럴 때 나는 인생이라는 요리를 준비하면서 주요 식재료인 에피쿠로스주의와 스토아주의를 7 대 3의 비율로 섞고자 하는 것이다.

에피쿠로스주의는 거칠게 말하자면 '즐거움의 추구'를 이상으로 하는 철학이다. 물론 그 즐거움은 현실을 소박하게 즐기는 데서 오는 잔잔한 기쁨이다. 반면에 스토아주의는 '정념으로부터의 해방'을 목표로 한다. 그 목표에 도달하기 위해서는 절제와 인내라는 미덕을 실천해야 한다.

젊었을 때는 스토아주의에 7 이상의 비중을 두고 살았다. 그때는 경제적으로 어려웠던 만큼 정념의 억제라는 스토아주의 처방이 유용했기 때문이다.

그런데 살아 보니 인생이 꼭 그렇지만은 않았다. 이제 어느 정도 먹고살 만해져서일까. 절제와 인내는 여전히 소중한 미덕이지만, 기쁨의 순간을 놓치지 말고 삶의 달콤함을 마음껏 누리라는 에피쿠로스의 방식이 지금은 더 마음에 든다.

나는 가끔 젊은 친구들에게도 이 비율을 권한다. 어떤 선택을 해야 할 때 신념에 충실할 것인지 아니면 현실과 타협해야 할 것인지를 놓고 고민이 된다면 각각의 비율을 7 대 3 정도로 해 보라고. 즉 순도 100퍼센트의 금속보다는 적절한 정도의 위선이 섞인 합금을 권하는 것이다.

진정한 지혜는 보다 속된 자아와의 조화를 필요로 한다.

_알랭 드 보통, 『철학의 위안』

어떤 친구들은 그것이 마치 '인생의 황금 비율' 같다며 흥미로워한다. 물론 듣기 좋으라고 하는 말일 것이다. 황금 비율이라고 하긴 좀 그렇고 굳이 말을 붙인다면 '인생 레시피' 정도가 어떨까 싶다. 인생이라는 요리가 단맛이 될지 쓴맛이 될지는 각자의 레시피에 따라 결정될 것이니.

나는 어린 포터에게 열심히 일해서 돈을 많이 벌라고 했고 김 선배는 인생에서 돈은 그렇게 중요한 것이 아니라고 했다. 나는 이 두 가지 생각이 다 옳다고 본다. 다만 받아들이는 사람의 가치관에 따라, 혹은 처해 있는 상황에 따라 어디에 더 비중을 둘 것인가 하는 문제일 뿐이다.

　그 포터가 내 생각과 김 선배의 생각을 7 대 3 정도로 받아들이면 좋겠다. 젊을 땐 열심히 일하고 돈을 모아야 한다는 게 나의 지론이다. 경제적인 수단이 없을 때, 하고 싶은 일을 하며 사는 것은 불가능하거나 매우 어렵기 때문이다.

　　지갑이 가벼우면 마음이 무겁다.

_벤저민 프랭클린

아메리카노 드릴까요?

우리가 포카라에서 시간을 보내면서 하는 일이라고는 그저 호숫가를 걷거나 카페에 앉아 커피를 마시며 지나가는 사람들을 구경하는 게 전부였다. 무료해지면 발길 닿는 대로 상점에 들러 이것저것 물건을 살펴보고 흥정을 하기도 했다. 그러다 속이 출출해지면 무얼 먹을까 궁리했다. 이른바 무위의 생활이었다. 이건 생각보다 은근히 재미가 있다.

> 무위 즉 아무것도 하지 않기와 침묵, 음악 듣기, 자연 관조하기 등은 우리의 내적 삶을 단단하게 다져 주는 데 매우 유용하고 소중한 방편들이다.
>
> _프레데릭 르누아르, 『행복을 철학하다』

어느 도시의 어느 길이든 처음에 한 번 보고 지나칠 때와 그 길을 몇 번씩 오가면서 보는 것은 전혀 다르다. 처음에는 보이지 않던 것이 가끔 눈에 들어오기도 한다. 도시 산책 혹은 도시 탐험의 즐거움이다.

어느 날 그동안은 보지 못했던 베트남 쌀국수집 하나가 눈에 들어왔다. 무척이나 기뻤다. 카트만두에 있을 때부터 베트남 쌀국수가 먹고 싶었기 때문이다. 맛도 기대 이상이었다. 트레킹 중에 사라졌던 입맛이 다시 돌아온 느낌이었다. 에어컨 없는 식당에서 뜨거운 국물을 들이켜니 등허리에 땀이 흘렀다. 김 선배의 입에서는 감탄사가 절로 나왔다.

"이열치열!"

호텔 근처에는 내가 매일 들르는 카페가 있었다. 작은 정원이 딸린 아담한 카페였다. 김 선배는 먼저 호텔로 가고 나 혼자 카페로 들어섰다. 나를 본 종업원이 웃으며 다가왔다.

"아메리카노, 써Americano, Sir?"

아메리카노 드릴까요? 메뉴를 보여 줄 생각도 않고 아메리카노를 마실 거냐고 물었다. 내가 며칠째 아메리카노만 주문했기 때문이다. 그새 내 취향을 머릿속에 입력했나 보다. 그는 앳된 얼굴에 왜소한 체격을 가지고 있었다. 나이는 열일곱 살이라는데 마네의 그림 〈피리 부는 소년〉을 연상시켰다. 네팔 전통 모자를 쓰고 있어서 그랬던 것 같다.

나는 일부러 메뉴를 가져다 달라고 부탁했다. 괜히 장난을 치고 싶어져서였다. 메뉴를 한참 훑어보다가 에스프레소 더블을 주문했다. '내가 이걸 시킬 줄은 몰랐지?' 하는 표정으로. 어린 종업원이 멋쩍게 웃으며 말했다.

"언제나 아메리카노를 주문하시기에."

나는 평소 아메리카노를 좋아한다. 20여 년 전, 스타벅스가 우리나라에 처음 들어왔을 때부터 지금까지 줄곧 스타벅스의 아메리카노를 마셔 왔다. 스타벅스 커피는 쓴맛이 강해 중독성이 있다.

어떤 이들은 왜 하필 미국식 거대 자본주의의 상징인 스타벅스를 좋아하느냐고 묻기도 한다. 이런 질문엔 그저 웃고 만다. 커피 한잔 마시는 데 굳이 이념이나 논리까지 들먹일 필요가 있을까 해서다. 인생은 논리나 이론만으로 사는 게 아니다.

> *이론에 따라 사는 모든 삶은 칙칙하고 건조하다.*
>
> *_버트런드 러셀, 『나는 무엇을 위해 살아왔는가』*

내가 스타벅스를 좋아하는 이유는 두 가지다. 첫째는 커피가 입맛에 맞기 때문이고, 둘째는 공간이 편하고 직원들이 친절해서이다. 내 경우에는 커피를 산다기보다 공간과 분위기를 사는 것이라고 말할 수 있다.

그곳은 나의 즐거운 놀이터다. 나는 매일 오전 세 시간 이상을 스타벅스에서 책을 읽으며 보낸다. 늘 가는 매장에서 커피를 마시며 책을 읽다 보면 지인들이 나를 만나러 오기도 한다. 그곳이 곧 나의 아지트인 셈이다.

아침 일찍 카페에서 뜨거운 아메리카노를 마실 때, 처음 몇 모금이 주는 행복감은 참으로 크다. 진한 향이 코끝에 와 닿고 쌉쌀한 맛이 혀끝에 느껴지는 그 순간 말이다. 커피 한 잔과 책 한 권이면 카페에 앉아 있는 오전 내내 행복하다.

> 사람에게는 저 나름의 천국이 있다.
>
> _니코스 카잔차키스, 『그리스인 조르바』

어떤 사람은 가끔 내게 물어본다. 나이 먹은 이가 그렇게 몇 시간 동안 죽치고 앉아 있으면 직원들이 눈치를 주지 않느냐고. 실상은 전혀 그렇지 않다. 오히려 반대다. 우린 언제나 웃는 얼굴로 인사를 나눈다.

"어머, 오늘은 빨간색 티를 입으셨네요."

"그동안 어디 여행 다녀오셨어요?"

단골이란 그래서 좋은 거다. 거기엔 알게 모르게 형성된 친밀감이 흐른다. 처음엔 손님이지만 나중엔 친구가 되는 것이다. 가끔은 그 친구들이 먼저 회사 내 시험이나 매장 이동 같은 개인적인 일을 얘기해 주기도 한다. 어떤 친구는 나를 보면 아빠 생각이 난다고 했다.

어느 날인가는 내가 아메리카노를 주문하자마자 바로 커피가 나왔다. 어떻게 이렇게 빨리 나올 수가 있느냐고 물었더니 그 직원이 웃으면서 말했다.

"우리 매장 쪽으로 걸어오시는 거 봤어요."

이쯤 되면 포카라 카페의 어린 친구보다 한술 더 뜬 셈이라고 할 수 있다.

카페 정원에 앉아 잠시 서울 생각을 하다 보니 가는 비가 몇 방울씩 떨어졌다. 커다란 파라솔 밑에 앉아 있어 비 맞을 걱정은 없었다. 비는 오락가락하고 그 사이로 불어오는 바람이 싱그러웠다.

카페에서 일어나기 전, 나는 어린 종업원에게 100루피 지폐 한 장을 살짝 건넸다. 그 친구에게 굳이 메뉴를 가져오라고 했던 건 요런 반전을 염두에 두고 있었기 때문이다. 그건 포카라를 떠나면서 아쉬움을 표하는, 내 나름의 인사법이었다.

"감사합니다, 선생님."

뜻밖의 팁을 받은 얼굴에 미소가 번졌다.

"선생님은 어디에서 오셨습니까?"

"한국에서."

"저는 한국을 사랑합니다."

"그래, 열심히 일해라."

맞은편의 레코드 가게에서는 내가 카페에 들어올 때부터 '옴마니반메훔'이라는 노랫말이 주문처럼 흘러나오고 있었다. 단순히 '옴마니반메훔'만을 강하게 혹은 약하게 반복하는 노래인데 전혀 지루하지가 않았다. 이 육자진언에 처음으로 곡을 붙인 이는 누구였을까? 간절한 노랫말에 담긴 중생의 염원은 무엇이었을까?

그것은 아마도 고통으로 가득 찬 이 세상에서 윤회의 업을 끊어 달라는 간절한 바람이 아니었을까. 노래는 애잔한데 바람은 여전히 상쾌했다. 부드럽게 얼굴에 닿는 바람은 언제나 마음을 평화롭게 한다.

마음 쉴 때면 문득 달 떠오르고 바람 불어오니,

이 세상 반드시 고해는 아니네.

_채근담

인생 보너스

"아 유 해피 나우Are you happy now?"

포카라를 떠나기 하루 전날 아침, 호텔 프런트 직원이 웃으며 물었다. 며칠 전 우리는 원래 예약했던 것보다 숙박 기간을 하루 더 연장했는데, 문제는 우리가 옮겨 가야 할 방이었다. 트윈 베드Twin Bed가 두 개 딸린 방이 아니라 더블베드Double Bed, 즉 큰 침대 하나만 있는 방이라는 것이었다.

김 선배와 내가 항상 붙어 다니니까 우리 두 사람이 한 침대를 써도 되는 사이라고 생각했던 걸까. 나는 짐짓 과장되게 놀란 표정을 지으며 침대는 반드시 두 개가 있어야 한다고 단호하게 얘기했다. 그랬더니 지금 침대가 두 개 있는 방은 없다며, 결국 큰 침대가 있는 방 두 개를 내주었다.

방을 둘러보니 우리가 묵고 있던 방보다 오히려 더 큰 것 같았다. 그 큰 방을 혼자 쓰라니, 마지막 밤은 더블베드에서 마음껏 굴러다

니면서 자도 될 것 같았다. 인생엔 가끔 이런 예상치 못한 일이 있어서 재미있다.

우리 인생엔 분명 운이라는 게 있는 듯하다. 나는 점 같은 건 믿지 않지만 대신 재미로 '오늘의 운세'를 보곤 한다. 내가 '오늘의 운세'를 흥미롭게 생각하기 시작한 건 대학을 다닐 때부터였다. 미팅에서 만난 여학생과 소위 '애프터'가 이루어져 다시 만나기로 한 날이었다.

가판대에서 당시 유행하던 스포츠 신문을 사서 약속 장소로 갔다. 만나기로 한 여학생을 기다리며 신문을 펼쳤는데, 그날의 운세는 이렇게 말하고 있었다.

"가을 밤하늘에 외기러기 날 운세."

그날 나는 약속 장소에서 한 시간 이상을 기다렸으나 그 여학생은 끝내 나타나지 않았다.

어머니 같은 날이 있고, 계모 같은 날이 있다.

_헤시오도스, 『일과 날』

나는 한 사람의 인생 혹은 행복을 결정짓는 요소가 크게 세 가지라고 생각한다. 타고난 DNA와 개인의 노력, 그리고 운이다. 그중에서 타고난 DNA가 가장 중요하다고 생각하는데, 그 못지않게 운도 중요한 것 같다.

우리는 어렸을 때부터 "천재는 99퍼센트의 노력과 1퍼센트의 영감으로 만들어진다"라는 말을 많이 듣고 자랐다. 그만큼 노력이 중요하다는 얘기였다. 그러나 살면서 보니 노력만으로 다 잘되는 것 같지는 않았다. 운이 무척 중요하다는 생각이 든다. 물론 운이라는 것도 대개 준비가 되어 있는 사람에게 따르는 것이지만 때론 '눈먼 복'도 있다.

나는 참 운이 좋은 편이었다. 행운의 여신으로부터 분에 넘치는 총애를 받았다. KBS에 입사한 지 얼마 되지 않아 프랑스 연수 기회가 주어진 것도 행운이었고 작년에 안식년을 누릴 수 있게 된 것도 큰 복이었다. 맨주먹으로 결혼 생활을 시작한 내가 지금의 아파트에서 살게 된 것도 다 운이 좋았기 때문이다.

인생에서 행복해지려면 어느 정도는 행운도 필요하다.

_아리스토텔레스, 『니코마코스 윤리학』

언젠가 유럽 여행 중이던 친구로부터 카톡 사진을 한 장 받았다. 그는 평소 다소 철학적인 화두를 던지며 나에게 자극을 주는 친구였다. 그날 보낸 사진은 몬테카를로Monte Carlo의 카지노 로비에서 찍은 것이었다. 친구 옆에는 눈을 가린 여인이 기다란 원뿔 모양의 통을 허리에 두르고 있는 조각상이 있었다. 그 통에는 돈이 가득 들어 있었다.

"돈에 눈먼 여인?"

그가 보낸 카톡 문자는 평소와는 달리 가벼운 내용이었다.

몬테카를로 카지노의 포르투나. 행운의
여신 포르투나는 눈이 가려져 있다.

그 순간 퍼뜩 떠오르는 것이 있었다.

"그건 아마 돈에 눈먼 여인이 아니라 포르투나Fortuna일 거야. 혹시 조각상 옆에 작품 제목이 있는지 보셔."

잠시 후 친구로부터 답이 왔다.

"포르투나 맞네. 역시!"

포르투나는 로마 신화에 나오는 행운의 여신이라고 했더니 친구의 질문이 이어졌다.

"왜 행운의 여신은 앞이 보이지 않는 건가요?"

행운의 여신 포르투나는 능력이 있거나 성실하게 노력하는 사람에게만 금은보화를 뿌리는 것이 아니다. 눈이 가려져 있기 때문이다. 포르투나가 뿌리는 금은보화가 어느 방향으로 흘러갈지는 알 수가 없다. 고대 사람들이 포르투나를 눈이 가려진 모습으로 묘사한 것은 참으로 일리 있는 통찰 같다.

나는 30여 년 전, 신혼 초에 전세 사기를 당했다. 내 실수로 전 재산의 3분의 2를 날리고 말았다. 만일 아내가 계약을 했더라면 그런 일은 일어나지 않았을 것이다. 아내는 돌다리도 두드려 본 다음 건너는 사람이기 때문이다. 도둑이 들려면 개도 짖지 않는다더니 하필 그때 아내는 미국에서 연수 중이었다. 나 혼자 전셋집을 구하다가 사기를 당해 식구들이 길에 나앉게 될 상황에 이르렀다. 전세 사기를 비관한 세입자가 농약을 먹고 자살했다는 뉴스가 라디오에서 심심찮게 흘러나오던 때였다.

회사 일이 손에 잡힐 리 없었다. 그렇지 않아도 PD 일이 적성에 맞지 않아 힘들어하던 때였다. 퇴근 후에는 집주인을 잡으러 다녔다. 집주인을 만나야 실마리가 풀릴 것 같았는데 도망 다니는 사람을 잡는다는 건 쉬운 일이 아니었다. 한밤중에 집주인을 발견하고 112에 신고해서 경찰서로 넘겼지만 내게 돌아오는 건 헛된 약속뿐이었다.

집에 있으면 더 괴로웠다. 이불 속에서 아내가 소리 죽여 흐느끼는 소리를 들어야 했다.

"우리 어떡해, 이제."

아내는 임신 중이었다.

"삶은 고통일 뿐이다." 이렇게 말한 사람이 있는데 그건 거짓말이 아니다.

_니체, 『차라투스트라는 이렇게 말했다』

그래도 죽으라는 법은 없었다. 마침 회사 게시판에 주택조합 조합

원 모집 공고가 떴다. 경기도 광명의 철산동이라는 낯선 동네였다. 서울이 아니라는 이유로 KBS 직원들에겐 별로 인기가 없었다. 다급했던 나는 찬밥 더운밥을 가릴 처지가 아니었다. 우선 가입하고 볼 일이었다. 아파트가 완공되기까지는 적잖은 시간이 걸리겠지만 주택조합에 가입했다는 사실 하나만으로도 어둠 속에 한 가닥 빛줄기가 보이는 듯했다.

그때 새로운 집주인이 명도 확인 소송을 걸어왔다. 빨리 집을 비우고 나가라는 것이었다. 나는 못 나가겠다고 버텼다. 한마디로 '배째라'였다. 달리 뾰족한 수가 없었기 때문이다. 나는 결국 법정에까지 불려 갔다. 그러나 민사소송은 지루하게 이어진다. 소송을 걸어온 쪽이나 당하는 쪽이나 답답하기는 마찬가지다. 속담에 '송사 3년이면 집안이 망한다'고 하지 않던가. 어쨌든 시간은 그렇게 흘러가고 있었다.

그러던 중 생각지도 못한 프랑스 연수 기회가 주어졌다. 원래 연수를 가기로 내정돼 있던 선배 PD가 부서를 옮겼기 때문이었다. 후임자였던 내가 얼결에 그 기회를 얻게 되었다. 앞사람이 지은 농사를 뒷사람이 거두는 격이었다.

그러나 마냥 좋아할 수만은 없었다. 집 문제와 관련해 여전히 소송이 진행되고 있었다. 아내는 망설이는 나에게 연수를 떠나라고 했다. 집 문제는 자기에게 맡기고 가라는 것이었다. 기회는 자주 오는 게 아니라면서.

그해 늦은 가을, 나는 진행 중인 소송을 고등학교 동창인 진 변호사에게 부탁하고 파리로 연수를 떠났다. 당시만 해도 해외여행 자유화가 이루어지기 전이라 유럽은 쉽게 갈 수 있는 곳이 아니었다. 그런 시절에 파리로 연수를 간다는 건 큰 행운이었다.

> 만약 당신이 젊은 시절에 파리에 살 수 있는 행운을 누린다면, 당신이 평생 어디를 가든지 파리는 '움직이는 축제'처럼 그대 곁에 머물 것이다.
>
> _헤밍웨이

9개월간의 프랑스 연수를 마치고 돌아오니 나에게도 집이 생겼다. KBS 사원 아파트가 완공된 것이다. 전세 사고가 터진 지 2년 반 만의 일이었다. 비록 은행 융자를 안고 들어간 것이지만 난생처음 가져 보는 '내 집'이었다. 어려서부터 전셋집에서만 살아 봤기 때문에 그때까지 내겐 집에 대한 소유 개념이 없었다. 전세 사기를 당하고 나서야 처음으로 '내 집'이 있어야겠다고 생각했는데, 꿈이 실현된 셈이다.

행운은 이어졌다. KBS 사원 아파트에 입주한 지 10년쯤 되었을 때 아내가 뜬금없이 여의도로 집을 옮기자고 했다. 여의도로 이사하면 자신이 하는 일에 도움이 될 것 같다는 이유에서였다. 나는 회사 근처로 집을 옮기는 것에 반대했지만 어머니까지 나서서 찬성하시는 바람에 뜻을 굽히고 말았다.

나중에야 알게 된 사실이지만 당시는 소위 IMF의 여파로 여의도의 아파트 가격이 폭락해 있던 때였다. 만일 IMF가 아니었더라면 여의도는 우리가 감히 넘볼 수 있는 동네가 아니었다. 게다가 마침 시세보다 싸게 나온 아파트가 하나 있었다. KBS 사원 아파트를 팔고 우리 부부가 10년 동안 맞벌이해서 모은 돈을 보태니 그 아파트를 살 수 있었다.

여의도로 이사한 지 6개월 만에 재건축 얘기가 흘러나왔다. 갑자기 아파트 가격이 뛰기 시작했다. 하룻밤 자고 나면 수백 수천만 원씩 올라 있었다. 순식간에 아파트 가격이 두 배 이상으로 뛰었다. 전혀 예상치 못했던 곳에서 재산이 불어난 것이다. 인생에는 이렇게 산술적 계산으로는 설명하기 어려운 부분이 있다.

> 사람들이 나를 비웃을지라도 궤짝에 쌓인 돈을 볼 때면 내 마음은 뿌듯하노라.
>
> _호라티우스

나는 가끔 인생이 '계' 같다는 생각을 한다. 곗돈을 부을 때가 있으면 언젠가 목돈을 받는 때가 있다. 미리 목돈을 받은 사람은 나중에 그만큼 곗돈을 부어야 한다. 그러나 곗돈을 꼬박꼬박 부었다고 해서 나중에 반드시 목돈을 타게 되는 것은 아니다. 도중에 계주가 도망이라도 가면 돈을 받지 못할 수도 있다. 그것이 인생이다.

〈아침마당〉이라는 프로그램을 담당하고 있을 때, 출연자였던 엄앵란 씨와 술을 마신 적이 있다. 그이는 그때 '인생의 보너스'라는 표현을 썼다. 지금 인생이 좀 힘들더라도 그걸 비관하지는 말자, 왜 냐하면 인생에는 보너스란 게 있으니까. 이런 얘기였다.

"아, 그런 게 정말 있는 겁니까?"

"그럼요. 아무리 힘들어도 참고 견디다 보면 언젠간 보너스를 탈 수 있지요."

엄앵란 씨의 말에 따르면 난 이미 인생 보너스를 적잖이 받은 셈 이었다. 그런데 내 몫의 보너스는 하나 더 남아 있었다.

뜻밖의 일은 항상 생긴다. 그로 인해 인생이 달라진다. 다 끝났다 고 생각한 순간조차 좋은 일이 생길 수 있다. 그래서 더 놀랍다.

_영화 〈투스카니의 태양〉

친구인 양 변호사의 추천으로 대학 강의를 맡게 된 것이다. 나는 홍익대학교에서 5년간 '방송 실무의 이해'라는 과목을 강의했다. 돌 이켜 보면 그건 삶이 내게 준 큰 축복이었다. 방송국 생활이 후반으 로 접어들었던 그 시기에 나는 〈아침마당〉이라는 프로그램의 책임 프로듀서로, 그리고 대학의 시간강사로 열정을 바쳐 일했고 양쪽 모 두에서 좋은 성과를 올릴 수 있었다.

나는 가르치는 일이 적성에 맞았다. 무엇보다 젊은 친구들과 어 울리는 것이 좋았다. 그런 만큼 강의 준비에도 열의를 다했다. 좀 더 나은 강의를 하기 위해 밤에는 연세대학교 언론홍보대학원에도 다 녔다. 그에 호응해 학생들의 반응 또한 과분할 정도로 좋았다. 간절

히 바라는 것은 언젠가 이루어진다고 했던가. 내 젊은 날의 꿈은 교
수였다.

> 자네가 무언가를 간절히 원할 때 온 우주는 자네의 소망이 실현
> 되도록 도와준다네.
>
> _파울로 코엘료, 『연금술사』

무재칠시

김 선배와 내가 포카라를 떠나던 날은 아침부터 세찬 비가 내렸다. 네팔에서는 6월부터 우기가 시작된다. 때는 4월 말, 우기가 시작되려면 아직 한참 멀었는데도 마치 한여름인 양 많은 비가 쏟아졌다. 그래도 우리는 즐거웠다. 새로운 도시를 향해 떠난다는 설렘 때문이었다.

서울에서 네팔 여행을 계획할 때 룸비니에도 가 보자고 한 것은 내 의견이었다. 불교 신자는 아니지만 난 왠지 부처님 나신 곳을 한번 찾아가 보고 싶었다. 아마도 경건한 마음으로 네팔 여행을 마무리하고 싶었던가 보다. 버스 터미널에 도착하니 그새 빗줄기가 가늘어졌다. 그런데 우리가 탄 투어리스트 버스Tourist Bus는 시동이 잘 걸리지 않는지 차장과 승객 몇 사람이 쇠막대기와 돌멩이를 이용해 한참 씨름을 한 후에야 출발했다.

언제나 그렇듯 네팔에서 차를 타고 이동하는 건 쉬운 일이 아니었다. 멀미가 날 지경이었다. 꼬불꼬불 산길을 달렸다. 가도 가도 첩첩 산중이었다. 포카라에서 꼬박 아홉 시간을 달려 룸비니에 도착했다.

룸비니에 도착해서는 다시 릭샤Rickshaw를 타고 국제사원지구로 이동했다. 국제사원지구는 한마디로 절 백화점 같은 곳이다. 세계 각국의 사원이 모여 있다. 대성석가사라는 우리나라 절도 있다. 마침 우리가 도착한 날 대성석가사 마당에는 연등과 청사초롱이 걸려 있었다. 네팔 달력으로는 다음 날이 '부처님 오신 날'이기 때문이었 다. 같은 '부처님 오신 날'인데 한국 달력으로 셈할 때보다 얼추 보름은 더 빨랐다.

대성석가사에서는 템플 스테이Temple Stay가 가능하다. 템플 스테이를 이용하면 저렴한 비용으로 숙식을 해결할 수 있어서 다른 나라 여행자들에게도 인기가 있다. 우리가 묵어야 할 4인실에는 젊은 중국인 두 명이 먼저 와 있었다. 날도 더운데 흡사 군대 내무반 같은 곳에서 낯선 이들과 함께 방을 써야 하다니, 썩 좋은 기분은 아니었다.

다소 맥 빠진 상태로 짐을 풀고 있는데 김 선배가 짐을 풀지 말고 잠깐만 기다려 보라고 했다. 네팔 관리인에게 방을 바꿔 달라고 얘기해 보겠다는 것이었다.

잠시 후 관리실에서 돌아온 김 선배가 의기양양하게 말했다.

"내가 다 해결했어요. 다른 방으로 짐을 옮깁시다."

"뭐라고 했더니 방을 바꿔 주던가요?"

내가 웃으며 물었다.

룸비니 동산에 있는 무우수 나무의 모습이다.

"차이니즈, 베리 토커티브Chinese, very talkative."

같은 방에 있는 중국인들이 좀 시끄럽다고 몸짓을 써 가며 얘기했
단다. 그러면서 관리인의 주머니에 200루피를 살짝 찔러 넣었다고
했다. 네팔 관리인은 흘낏 주머니 속의 지폐를 확인하더니 큰 소리
로 이렇게 말했다고 했다.

"오, 마이 미스테이크Oh, my mistake!"

자기 실수였다는 것이다. 그날 우리는 침대가 네 개 있는 널찍한 방에서 둘이서만 편히 잘 수 있었다.

선물은 여자를 상냥하게, 사제를 인자하게, 법을 유연하게 만든다.

_덴마크 속담

경주 황룡사를 본떠 세웠다는 대성석가사는 3층 규모의 사찰이었다. 외관은 제법 컸다. 그러나 나는 그것이 썩 좋아 보이지만은 않았다. 규모를 좀 작게 하더라도 한국적인 특색을 잘 살려서 지었더라면 하는 아쉬움이 있었다. 단아한 사찰을 지어 처마 끝에 풍경도 좀 달고 그랬더라면 어땠을까 싶었다.

대성석가사를 처음 계획한 이는 그 뜻이 원대한 듯했다. 지금까지 20년 이상이나 공사가 진행 중이라고 했다. 그러다 보니 예산이 부족해 일부 지붕은 기와도 제대로 못 올리고 시멘트 상태로 흉물스럽게 남아 있었다. 용을 그리려던 이가 뱀을 그린 셈이었다. 욕심이 과했다.

자신과는 엄청나게 다른 존재의 기준에 맞추어서 자신의 의무를 정하는 것은 그다지 현명하지 않다.

_몽테뉴, 『에세』

대성석가사 본전에서 외국인들이 예불을 드리고 있다.

　본전에서는 신도 몇 사람이 예불을 드리고 있었다. 그중에는 한국인뿐만 아니라 서양인들도 있었다. 본전 주위를 둘러본 후 계단을 내려오는데 절 마당으로 네팔 아이들이 몰려들었다. 점심 공양 시간이 다가오기 때문이었다. 부처님 오신 날이라 그런지 배식하는 곳에는 지난밤보다 먹을거리가 풍성했다. 잠깐 사이에 긴 줄이 생겼다. 아이들은 동그란 식판을 하나씩 들고 서서 식사 시작 종소리만을 기다리고 있었다. 밥을 기다리는 천진난만한 아이들의 모습을 보며 어린것들을 배불리 먹이지 못하는 부모들 생각에 왈칵 눈물이 날 것 같았다. 그 속에는 내 어린 시절의 모습도 있었다.

　20여 년 전, 나는 결식아동을 위한 성금 모금 방송을 두 차례 진행했다. KBS 전국 네트워크를 연결하는 네 시간짜리 생방송이었다. 그 공로로 그해 교육부 장관 표창을 받았지만, 나도 한때는 결식아동이었다. 무슨 일 때문이었는지 중학교 1학년 때 한동안 도시락을 못 가지고 다녔던 적이 있다.

어느 날 담임선생님께서 교무실로 나를 부르셨다. 내 사정을 알게 된 친구들이 돌아가면서 도시락을 하나 더 준비하기로 했으니 점심시간 전에 교무실로 와서 그것을 가져가라는 말씀이었다. 어린 마음에도 자존심이 상하고 부끄러웠다.

"선생님, 전 싫어요."

난 이렇게 말하면서 밖으로 뛰쳐나갔다.

잠시 후 이번에는 교감 선생님께서 부르셨다.

"난 네가 그렇게 옹졸한 놈인 줄 몰랐다. 친구들의 순수한 호의를 받아들이지 않겠다니. 그럼 너는 나중에 잘돼도 어려운 사람을 도와주지 않겠다는 거냐?"

나는 교감 선생님께 아무 말도 하지 못했다. 친구들의 도움을 받아들이기로 한 것이다. 그해 겨울, 나는 점심때마다 따뜻한 밥을 먹을 수 있었다.

몸에 한세상 떠 넣어 주는

먹는 일의 거룩함이여

_황지우, 「거룩한 식사」

부처님 오신 날, 네팔 어린이들이 대성석가사 마당 한쪽에서 동그란 식판을 들고 밥을 기다리고 있다. 그 모습이 문득 나를 울컥하게 했다.

룸비니를 여행하면서 나는 계속 '무재칠시無財七施'를 머릿속에 떠올렸다. 무재칠시는 말 그대로 재물이 없어도 남에게 베풀 수 있는 일곱 가지 보시를 말한다. 그건 나의 다짐이기도 했다.

온화한 얼굴로 부드럽고 평온하게 남을 대하는 '화안시和顏施', 남을 인정하고 칭찬하거나 말로 위로하고 격려하는 '언시言施', 마음의 문을 열고 진실한 마음으로 남을 대하는 '심시心施', 남에게 부드럽고 호의적인 눈길을 주는 '안시眼施' 등이 그것이다.

젊었을 때 나는 자선이나 기부 같은 일에 별로 관심이 없었다. 그

맨발로 기도하는 김 선배. 신자들은 무우수 나무 아래에 향을 피워 놓고 예를 올린다.

런데 언제부터인가 남에게 조금이나마 도움을 주고 싶어졌다. 그때부터 매월 적은 금액이지만 복지 단체에 기부를 해 왔는데 내게 수입이 끊기면 그것도 어려워질 게 분명했다. 하지만 그러한 경우에도 마음만 먹으면 할 수 있는 일이 바로 무재칠시였다.

몇 년 전 여름, 아내와 독일 프랑크푸르트Frankfurt를 여행했을 때였다. 나는 프랑크푸르트의 특산물이라는 아펠바인Apfelwein(사과 와인) 맛집에 가 보고 싶었다. 현지인에게 주소를 보여 주며 물어봤으나 대부분 잘 모르겠다고 했다. 그때 마침 지나가던 사람이 레스토랑 위치를 가르쳐 줬다. 나이가 꽤 들어 보이는 정장 차림의 신사였다.

그가 가르쳐 준 대로 우리 부부가 한참 길을 가고 있을 때였다. 누군가 헐레벌떡 뛰어오며 우리를 불렀다. 그 초로의 신사였다. 방향을 잘못 가르쳐 주었다는 것이다. 그의 얼굴에는 땀이 흐르고 있었다. 나는 바로 그 독일 신사의 마음을 닮고 싶다. 그러한 마음이 무재칠시의 시작이라 믿는 까닭이다.

> 오랜 기간의 연구와 숙고 끝에 얻은 다소 당혹스러운 결론으로, 내가 사람들에게 줄 수 있는 최상의 조언은 '서로에게 조금 더 친절하라'는 것이다.
>
> _올더스 헉슬리

룸비니 동산의 수행자들. 나무 밑에 앉아 있는 수행자들 사이로 신자들이 돌아다니며 5루피 지폐 한 장씩을 시주하고 있다.

저녁이 오기 전에

주식을 해 본 사람이라면 누구나 한 번쯤 경험했을 것이다. 오전 장에서 빨간 불기둥을 그리며 큰 기쁨을 안겨 주던 종목이 오후엔 파랗게 질려 있어 허탈했던 경험 말이다. 이런 일은 노름판에서도 종종 벌어진다. 초반에는 패가 술술 풀렸는데 뒤로 갈수록 패가 막힌다. 이른바 '첫 끗발이 개 끗발'이다. 그래서 노름판은 끝까지 가봐야 안다. 진정한 승자는 신발 신을 때 웃는 자인 것이다.

포카라 호텔에서 체크아웃을 할 때 김 선배는 프런트 직원에게 작별 인사를 하면서 룸비니 얘기를 꺼냈다.

"우린 이제 룸비니로 떠납니다. 혹시 거기 가 본 적 있나요?"

"저는 룸비니가 싫어요. 거긴 너무 덥고 모기도 많거든요."

그때 호텔 직원은 뭔가 흔쾌하지 않은 표정으로 대답했다. 그 표정은 무슨 의미였을까. 우리가 그 의미를 깨닫게 된 건 룸비니에서 마지막 밤을 보내고 나서였다.

부처님 오신 날 아침, 우린 룸비니 동산으로 가기 위해 일찍 길을 나섰다. 이른 아침이었음에도 네팔 각지에서 몰려온 불교 신자들과 세계 각국에서 온 승려들의 행렬이 길게 이어졌다. 사원 경내로 들어가기 위해서는 신을 벗어야 했는데, 신을 벗고 맨발로 걷는 건 왠지 겸허해지는 느낌이 든다.

마야데비Mayadevi 사원을 지나 룸비니 동산의 무우수(보리수) 나무를 향해 걸었다. 마야Maya 부인이 고타마 싯다르타Gautama Siddhārtha를 낳았다는 곳이었다. 무우수 나무 밑에서는 사람들이 향을 피우며 기도를 올렸다. 나무 주위로는 주황색 옷차림의 사두들이 죽 둘러앉아 있었다. 일종의 탁발 의식 같았다. 빙 돌아가며 사두들에게 5루피 지폐 한 장씩을 시주하던 아주머니가 느닷없이 옆에 있던 김 선배에

부처님 오신 날, 룸비니 동산으로 향하는 행렬이 길게 이어졌다.

게도 5루피를 나눠 줬다. 그것도 덕을 쌓는 일이었을까. 예기치 못
했던 해프닝에 우리는 한바탕 웃으며 그 자리를 떠났다.

룸비니 동산을 나와 다시 대성석가사로 돌아가던 중 길거리에서
구걸하는 여인을 만났다. 어린아이를 안고 있는 모습이 너무 안 돼
보여서 차마 그냥 지나칠 수가 없었다. 20루피를 주고 돌아서는데 이
번엔 또 다른 여자가 내 앞을 가로막았다. 또 20루피를 건네주었다.

그때 어디서 나타났는지 한 무리의 어린아이들이 나에게 손을 벌
리며 달려들었다. 순식간의 일이었다. 무척이나 당혹스러웠다. 살짝
겁도 났다. 어떻게 해야 할지를 모르고 엉거주춤 서 있는데 김 선배
가 소리를 질렀다.

"야, 이놈들아. 저리 가!"

그 소리에 놀라 아이들이 흩어졌다. 김 선배는 내게도 주의 주는 걸 잊지 않았다.

"사람들 앞에서 지갑에 있는 돈을 보여 주면 절대 안 됩니다. 이 사람들, 눈이 돌아가요."

그날 오후, 우리는 대성석가사를 나와 룸비니 마을을 둘러보기로 했다. 룸비니는 지리적으로 인도와 아주 가까운 거리에 있는 도시다. 그래서인지 정말 더웠다. 관광 인프라도 제대로 갖춰져 있지 않았다. 그곳에서 여행자가 할 일이라곤 아무것도 없었다. 룸비니가 싫다고 했던 포카라 호텔 직원의 말이 절로 떠올랐다.

딱히 볼 것도 없고 더워서 걷기조차 힘들었던 우리는 그저 카페에 앉아 시원한 음료를 마시며 지나가는 이들을 구경했다. 사람들의 옷차림새는 대체로 인도풍에 가까운 듯했는데, 표정은 왠지 좀 그악스러워 보였다. 포카라처럼 편안한 느낌을 주는 곳이 아니었다.

날은 덥고 할 일도 없으니 일찍 저녁을 먹고 잠자리에 들기로 했다. 다음 날에는 카트만두로 돌아갈 예정이었다. 우리가 계획했던 네팔 여행이 거의 끝나가고 있었다. 나는 무엇보다 건강한 몸으로 트레킹을 마칠 수 있게 된 것에 대해 히말라야 신들에게 감사했다. 서울에서 준비해 온 감기약, 진통제, 소화제 등의 상비약을 여행 내내 한 번도 사용하지 않았다.

그런데 그날 밤, 룸비니는 내게 아주 오래도록 기억할 만한 추억 하나를 선사했다. 호텔의 방충망을 믿고 창문을 열어 놓았다가 밤새도록 모기에 물리고 말았다. 방충망에 찢어진 틈새가 있었던 모양이다. 다음 날 아침 일어나 보니 내 팔에는 모기에 물린 자국이 수백 군데가 넘었다.

아, 육신은 서글퍼라. 차마 눈 뜨고 보기 어려울 정도로 끔찍했다. 이제 카트만두로 돌아가기만 하면 우리의 네팔 여행은 끝이 나는 건데, 마지막 길에 이런 험한 꼴을 보게 될 줄이야. 이것도 보시한 셈 쳐야 하는 걸까. 아니면 일본 에도 시대의 하이쿠 명인처럼 살아 있음에 대한 감사의 노래라도 불러야 하는 걸까.

> 얼마나 운이 좋은가
> 올해에도
> 모기에 물리다니!
>
> _고바야시 이싸

"축하합니다, 임 EP님. 저와 함께 우리 국을 위해 열심히 일해 봅시다."

몇 년 전의 일이다. 어느 일요일 저녁, 국장으로부터 문자가 왔다. 이번 인사에서 내가 EP로 승진한다는 것이었다. 당시 EP라는 보직은 CP와 국장 사이에 있는, 굳이 말하자면 부국장 정도에 해당하는 자리였다. 월요일 아침에 인사 발령이 날 테니 그렇게 알고 준비하라는 얘기였다. 전혀 예기치 못한 승진이었다.

> 생각지도 않은 영예가 있을 수 있고, 온전히 하려 했으나 뜻하지

부처님 오신 날, 동자승들이 아이스크림을 사 먹고 있다.

않은 비난을 받기도 한다.

_맹자

뒤늦게나마 나에게도 승진의 기회가 찾아온 것이다. KBS의 경우 인사 발령은 대개 금요일 오후 늦게 나는 게 관례였다. 그런데 어떤 연유에서인지 인사에 진통을 겪다가 일요일 저녁에야 교통정리가 된 모양이었다. 다음 날 아침, 나는 오랜만에 넥타이를 골랐다. PD들이 정장 차림을 하는 건 대개 임명장이나 상장을 받을 때 정도였다.

그때 국장으로부터 전화가 왔다. 무척 당혹스러운 목소리로 연신

미안하다고 했다. 하룻밤 사이에 EP가 다른 사람으로 바뀌었다는 것이다.

뭐든 완전히 끝날 때까지는 다 끝난 게 아니다. 주식도 그렇고 여행도 그렇다. 어쩌면 인생사 대부분이 그런 건지도 모른다.

저녁이 오기 전에 그날을 칭송하지 말라.

_독일 속담

5장

카트만두를 떠나며

우리를 행복하게 만드는 것은 소유가 아니라 향유이다.

_몽테뉴, 『에세』

삶과 죽음이 공존하는 곳

네팔 여행을 앞두고 카트만두에 관한 자료를 찾던 중 꼭 가 봤으면 했던 곳이 한 군데 있었다. 카트만두 시내에 있는 파슈파티나트Pashupatinath 사원이었다. 어디선가 그곳이 '삶과 죽음이 공존하는 공간'이라는 얘기를 들었기 때문이다.

네팔을 떠나기 하루 전날, 나는 오전에 파탄Patan 박물관과 스와얌부나트Swayambhunath 사원을 둘러본 후 오후에 파슈파티나트 사원으로 갔다. 막 5월로 들어선 카트만두의 오후 햇볕은 무척이나 따가웠다. 더구나 발길이 향하는 곳은 어찌 보면 화장터, 기분이 묘했다.

파슈파티나트는 시바Shiva 신을 모시는 네팔 최고의 힌두 사원이다. 아쉽게도 힌두교 신자가 아닌 사람은 사원 안으로 들어갈 수가 없다. 그런데도 관광객들이 비싼 입장료를 내고 이곳을 찾는 이유는 네팔의 독특한 장례 문화를 보기 위해서다. 이곳에 화장터가 있기 때문이다.

카트만두 파탄 박물관에서 볼 수 있는 불교 유물들이다.

화장터 옆에는 바그마티Baghmati라는 작은 강이 흐른다. 네팔 사람들은 이 바그마티강을 신성시한다. 마치 인도 사람들이 갠지스Ganges강을 그렇게 생각하는 것처럼. 네팔 사람들은 죽은 뒤 시신을 태운 재가 이 강물에 뿌려지는 것을 축복으로 여긴다고 한다.

네팔 사람들의 장례는 대부분 사람이 죽은 지 스물네 시간 이내에 신속하게 치러진다. 망자의 영혼이 한시라도 빨리 고통으로 가득 찬 이 세상에서 떠날 수 있도록, 육신의 감옥에서 벗어날 수 있도록 배려하는 것이다.

죽음의 순간에 영혼은 "포도주의 향취가 날아가고 향수의 섬세한 향기가 공기 중으로 흩어지는 것처럼" 사라진다.

_스티븐 그린블랫, 『1417년, 근대의 탄생』

나는 그날 뙤약볕 아래서 화장의 전 과정을 지켜보았다. 망자의 시신은 황금색 천으로 덮여 있었는데 발이 바그마티강 쪽을 향하고 있었다. 장례 절차는 먼저 시신을 강물로 씻거나 강물을 시신 위에 뿌리면서 시작된다. 우리 눈엔 그저 오염된 물에 불과하지만 그들에 겐 바그마티 강물이 바로 성수였다.

이 의식이 끝나면 곧바로 시신을 옆의 화장터로 옮긴다. 애조 띤 고동 소리와 함께 가족들이 뒤를 따랐다. 장작더미는 생각만큼 높게 쌓여 있지 않았다. 고작 삼단 높이 정도였다. 그 위에 시신을 올렸 다. 여러 겹으로 두르고 있던 담요 등을 다 벗기고 오직 한 장의 천 만 남겼다. 생의 마지막 가는 길에 수의를 입혀 망자를 떠나보내는 우리의 풍습과는 달랐다. 그러나 그 또한 일리가 있어 보였다. 어차 피 빈손으로 왔다가 빈손으로 가는 게 인생사 아니던가.

웃통을 벗은 망자의 아들이 횃불을 들고 시신 주위를 세 바퀴 돌 더니 들고 있던 횃불로 망자의 얼굴에 불을 붙였다. 나는 순간 움찔 했다. 비록 감각이 없는 시신이라고는 하나 부모의 얼굴에 횃불을 대다니.

그 이후부터는 전문적으로 화장을 진행하는 이가 장작더미에 불 을 붙였다. 장작은 밑에서부터 타기 시작했지만 시신 위에 강물에 적신 짚단을 올려놓았기 때문에 연기가 함께 피어올랐다. 젖은 짚단 을 덮어 연기를 피우는 것은 망자의 영혼이 하늘에 닿으라는 뜻이 라고 했다. 어떤 이는 시신을 다 태우기 전에 장작만 타 버리는 것을 방지하기 위한 현실적인 이유에서라고도 했다.

파슈파티나트 사원의 화장터와 네팔인들이
신성시하는 바그마티강의 모습이다.

"정말 죽음이란 게 아무것도 아 닌 거 같아요. 잠깐 사이에 시신 이 타 없어지는 걸 보니."

옆에서 함께 지켜보던 젊은 한 국인 부부의 말이었다. 나 역시 그런 생각을 했다. 우리는 나이 육십이 넘어서도 마치 천년만년 살 것처럼 돈을 찾고 권력을 찾는 다. 그러나 그 누구도 생로병사의 질곡에서 벗어날 수 없다.

내가 파슈파티나트 사원의 뙤 약볕 아래서 굳이 화장의 전 과 정을 지켜본 것은 단순한 호기심 때문이 아니었다. '메멘토 모리 Memento Mori', 즉 '죽음을 기억하

라'는 라틴어 명제를 생각해 보기 위해서였다. 삶은 유한한 것인 만 큼 언젠가는 내게도 죽음이 찾아온다는 사실을 마음에 새겨 놓고 싶 었다. 나는 가끔은 일상 속에서 죽음을 응시할 필요가 있다고 생각 한다.

'메멘토 모리'는 어찌 보면 삶의 덧없음을 얘기하는 것인지도 모 른다. 그렇다고 허무주의에 빠지거나 대충 살아도 좋다는 뜻은 아니 리라. 삶에는 끝이 있다는 것을 인식하고 주어진 시간을 충실히 누

파슈파티나트 화장터의 사두들. 화장터 한쪽에서는 사두들이 관광객 카메라 앞에서
포즈를 취해 준 후 곧바로 돈을 요구한다.

리라는 얘기일 것이다. 삶을 충실히 살기 위해서는 죽음을 인식하되 그것을 두려워해서는 안 된다. 죽음에 대한 공포는 삶을 좀먹기 때문이다. 고대 그리스의 현자는 말한다.

　죽음은 우리에게 아무것도 아니다.

_에피쿠로스

에피쿠로스는 "우리가 살아 있는 동안에는 죽음이 없고, 죽음이 있으면 우리가 없기" 때문에 우리는 죽음을 두려워할 필요가 없다고 했다. 그의 논리대로라면 죽음은 우리가 살아 있는 동안 경험할 수 있는 사건이 아니다. 죽음에 대한 올바른 인식은 우리에게 "불멸을 향한 욕망을 없애 줌으로써 유한한 삶을 즐길 수 있게 해 준다"라는 것이 에피쿠로스의 가르침이다.

파슈파티나트의 화장터에 꼭 죽은 자만 오는 것은 아니었다. 미리 와서 죽음을 기다리는 사람들도 있다고 했다. 죽음을 눈앞에 두고 있거나 장례를 치러 줄 사람이 아무도 없는 경우이다. 일종의 호스피스hospice 병동 같은 역할도 하는 것이다.

바그마티강 한쪽에는 시신을 화장하는 사람들이 있고 건너편에서는 산 자들이 모여 그것을 구경하고 있었다. 점쟁이 앞에 쭈그리고 앉아 점을 치는 사람들의 모습도 눈에 띄었다. 힌두의 사두들은 무척이나 요란스러운 치장을 하고 관광객에게 사진 모델이 되어 준 후 돈을 요구했다. 아이들은 오염된 강물에 들어가 망자의 몸에 있던 반지나 동전 따위를 찾았다. 또 다른 쪽에서는 동네 아낙네들이 수다를 떨며 빨래를 했다. 이곳에선 삶과 죽음이 별개의 것이 아닌 듯했다.

삶과 죽음이 공존하는 공간, 파슈파티나트 사원 밖으로 나오니 사람들은 다들 평소와 다름없이 분주하게 움직이고 있었다. 나도 숙소로 돌아가기 위해 택시를 탔다. 카트만두 거리에는 여전히 먼지가 일고 있었다.

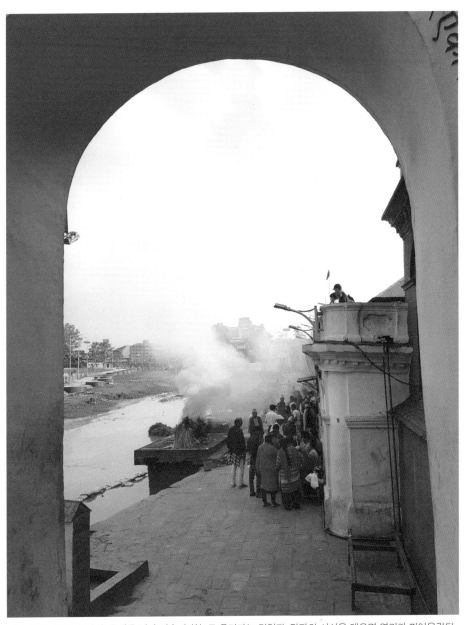

파슈파티나트의 화장터. 육체를 떠난 영혼이 하늘로 올라가는 것일까, 망자의 시신을 태우면 연기가 피어올랐다.

아모르파티

언젠가 뉴욕에 있는 딸아이와 카톡으로 이런 대화를 나눈 적이
있다.

"아빠, 룸메이트가 철학자 얘기를 가끔 하는데 자기는 니체를 좋
아한대."

"아, 그래? 니체는 읽어 볼 만하지. 아모르파티Amor Fati."

"니체가 아모르파티야?"

"응, 아모르파티는 니체가 한 말이야. 네 운명을 사랑하라. 필연적
인 것, 즉 내가 어찌할 수 없는 것은 받아들이라는 뜻이야."

> 인간 안의 위대함을 표하는 나의 진술은 '아모르파티'다. 자기 앞
> 도 뒤도 아니고, 영원도 아닌, 지금 있는 그대로 말고는 아무것도
> 원하지 않는다.
>
> _니체, 『이 사람을 보라』

우리가 흔히 '운명애運命愛'라고 번역하는 니체의 운명관 '아모르 파티'는 가수 김연자 씨 덕분에 대중에게도 잘 알려진 말이다. 그이의 노래 〈아모르파티〉는 이렇게 시작된다.

"산다는 게 다 그런 거지. 누구나 빈손으로 와."

산다는 게 다 그런 거지 뭐. 우리가 힘들고 지칠 때, 세상사가 내 뜻 같지 않을 때는 가끔 이런 생각을 하는 것도 괜찮은 방편이리라. 이 세상에는 분명 우리 힘으로 할 수 있는 일이 있고 우리 힘으로는 어찌할 수 없는 일도 있으니까.

스토아 철학자 에픽테토스는 "이 세상에 존재하는 것 가운데는 우리에게 달려 있는 것이 있고, 우리에게 달려 있지 않은 것이 있다"고 했다. 그에 따르면 건강과 장수, 성공, 재물 등은 우리에게 달려 있는 것이 아니다. 안타깝게도 우리가 한평생 죽을 둥 살 둥 얻으려 하는 모든 게 우리에게 달린 것이 아니라는 얘기다.

그건 우리 힘으로 어찌할 수 있는 일이 아니다. 반면에 마음을 바꾸는 것은 우리가 할 수 있는 일이다. 에픽테토스는 "할 수 있는 일에 힘을 쓰는 사람은 지혜로운 사람이며, 할 수 없는 일에 신경 쓰는 사람은 어리석은 사람"이라고 했다.

모든 일이 자기 뜻대로 이루어지기를 바라지 말라. 모든 일을 있는 그대로 받아들여라. 그러면 인생이 평온할 것이다.

_에픽테토스

딸과 카톡을 하면서 나는 기왕 '아모르파티'라는 라틴어 얘기가 나왔으니 이 기회에 '카르페 디엠Carpe Diem'이라는 말도 생각해 보자고 했다. 카르페 디엠은 다들 알고 있는 것처럼 '현재를 붙잡아라'라는 뜻의 라틴어다. 영화 〈죽은 시인의 사회〉 때문에 유명해진 말이지만 원래는 로마의 시인 호라티우스Horatius의 시에 나오는 얘기다. 호라티우스는 "그대가 현명하다면, 포도주는 오늘 체로 거르라"고 권하면서 "짧기만 한 인생에서 먼 희망은 접어야 할" 것이라고 노래한다.

지금 이 순간을 붙잡아라
내일이라는 말은 최소한만 믿어라

_호라티우스, 「송가」

히말라야 트레킹 중에도 주식을 할 수 있을까? 답은 '그렇다'이다. 하려고만 들면 주식 거래를 할 수도 있다. 스마트폰 덕분이다. 네팔에 있는 동안 김 선배와 나는 가끔 스마트폰을 통해 주식 시세를 알아봤다. 물론 우리는 주식을 잘하는 사람들이 아니다. 둘 다 초보 수준이다. 이를테면 누가 어떤 주식이 좋다고 하면 그걸 따라 사는 정도에 불과하다.

히말라야 트레킹을 시작할 무렵, 내가 가지고 있던 주식이 30퍼센트 이상 크게 올랐다. '소가 뒷걸음질 치다가 쥐를 잡은' 격이었다. 김 선배는 그 정도 올랐으면 파는 게 좋지 않겠느냐고 했다. 그러나 나는 팔지 않았다. 히말라야에서까지 그런 데 신경을 쓰고 싶지는 않았다. 하지만 솔직히는 앞으로 더 오를 것이라는 기대감, 즉 욕심 때문이었다.

과욕은 항상 일을 그르치게 한다. 한국에 돌아와 보니 상황은 완전히 달라져 있었다. 내 주식이 이익은커녕 오히려 마이너스로 돌아선 것이다. 김 선배에게 서울 가면 한우를 사 주겠다고 했던 약속도 지킬 수 없게 됐다. 시간이 갈수록 손실은 늘어만 갔다. 참 난감했다. 이제 와 주식을 팔자니 올랐을 때 팔지 못한 것이 안타깝고 후회스러웠다. 한편으로는 그동안 들어간 돈과 시간이 너무나 아까웠다. 이른바 '본전 생각'이 난 것이다.

좋은 날을 기다렸더니 재난이 닥치고
빛을 바랐더니 어둠이 덮쳤네.

_「욥기」 30:26

스스로 결정하기 어려운 문제는 대개 친구와 상의하는 게 바람직하다. 나는 우리나라 유수 공기업의 부사장을 지냈던 친구에게 조언을 구했다. 그는 때로 감성적이지만 현실 문제에 있어서 만큼은 냉철한 이성의 소유자였다. 그 친구는 이렇게 말했다

"현재가 본전이야."

참으로 명쾌한 답이었다. 이미 지난 건 생각할 필요가 없고 중요한 건 현재라는 얘기였다. 나는 결국 친구의 조언에 따라 주식을 정

리했다. 물론 손실을 감내하는 건 속 쓰린 일이었다. 그러나 마음은 홀가분해졌다. 그동안 나를 괴롭히던 자책과 후회에서 벗어날 수 있었기 때문이다. 자책과 후회는 우리 삶에 전혀 도움이 되지 않는다.

'현재가 본전'이라는 마음가짐은 도박이나 주식에만 국한되는 게 아니다. 모든 인생사에 적용될 수 있는 유용한 방편이다. 우리의 삶에서 중요한 건 결국 현재이기 때문이다.

> 이미 봄이 왔는데도 우리는 겨울을 붙잡고 늑장을 부린다.
>
> _헨리 데이비드 소로, 『월든』

히말라야 트레킹을 마친 후 나는 넥워머와 보온바지, 보온병 그리고 아이젠 등 겨울철 등산용품을 모두 네팔인 가이드와 포터에게 나눠 주었다. 나보다 그들에게 더 필요할 것 같아서였다. 히말라야를 찾는 한국 트레커들이 있는 한 그들은 언제나 그곳에 올라야 하니까. 옆에서 지켜보고 있던 한인 여행사의 장 사장이 웃으며 한마디 했다.

"임 선생님은 이제 히말라야에는 안 오시려나 봐."

그때 내가 정말 그런 생각을 했는지는 잘 모르겠다. 겨울철 등산용품이 내게 또 필요할지 아닐지는 나중에 생각할 일이었다. 다만 그동안 동고동락했던 이들에게 내 마음을 전하는 것이 그 순간에 할 일이었을 뿐이다.

나이 육십을 넘기고 보니 매사에 중요한 건 언제나 현재였다. 나는 할 수만 있다면 과거나 미래처럼 실재하지 않는 시간의 차원에는 머무르고 싶지 않다. 이제부터라도 조금 덜 후회하고 조금 덜 바라며 살고 싶다. 눈앞에 있는 것을 사랑하며 현재에 충실한 삶을 살고 싶은 것이다. 김연자의 〈아모르파티〉는 이것을 한마디로 짧게 요약한다.

"인생은 지금이야."

인생은 아이스크림 같은 것,
녹기 전에 맛있게 먹어야 한다.

_영화 〈블랙〉

네팔에서의 마지막 날 아침에 김 선배는 카트만두의 아싼Asan 시장을 구경시켜 주겠다고 했다. 오후 늦게 비행기를 탈 예정이었기 때문에 오전에는 여유가 있었다. 아싼 시장은 카트만두에서 가장 큰 전통 시장이다. 이를테면 우리나라의 남대문 시장 같은 곳으로 타멜 거리에서 그리 멀지 않은 곳에 있다. 시장은 언제나 활기차고 재미있다. 과일과 채소, 길거리 음식 등의 먹을거리부터 옷과 신발 등 생필품에 이르기까지 없는 것이 없었다.

시장 구경을 마치고 밖으로 나가려던 나는 문득 주황색 꽃목걸이를 팔고 있는 한 노점상 앞에 멈춰 섰다. 큰 바구니 안에 누워 있는 어린 손자를 바라보며 웃음 짓는 이의 얼굴 때문이었다. 그는 장사

손자를 보며 웃고 있는 아싼 시장 상인의 모습을 보는 순간, 삶이란 참으로 아름답고 소중한 것이라는 생각이 들었다.

하는 아들을 도와주기 위해 좌판 한편에서 손자를 돌보고 있는 것 같았다. 한눈에도 그의 인생 역정은 녹록지 않았을 듯했다. 그러나 나는 그의 표정에서 충만한 삶이 주는 기쁨을 읽을 수 있었다. 그건 분명 행복의 징표였다.

나는 그에게 사진을 한 장 찍어도 되겠느냐고 눈짓으로 물었다. 그는 쑥스러운 듯 웃으며 고개를 끄덕였다. 그의 미소는 내게 이렇게 말하는 것 같았다. 주어진 삶을 있는 그대로 받아들이면서 지금 이 순간의 기쁨을 온전히 누리고 욕심도 두려움도 없이 다시 흘러가도록 내버려 두는 것, 그것이 바로 인생 아니겠냐고.

우리를 행복하게 만드는 것은 소유가 아니라 향유이다.

_몽테뉴, 『에세』

몸이 꺾이기 전에

안나푸르나 트레킹을 떠나던 날, 김 선배와 나는 서로 의미 있는 웃음을 나누며 아침 식사를 충분히 하자고 했다. 호텔에서의 마지막 식사이니 만큼 먹을 수 있을 때 많이 먹어 두자는 것이었다. 산속에서의 식사는 맛이 없을 게 뻔하니까. 특히 과일은 구경도 하기 힘들 테니 최대한 많이 먹어 두어야 했다. 좋아하는 수박 주스는 두 잔을 거푸 마셨다.

아침부터 그렇게 먹다 보니 산악인 엄홍길 씨의 말이 생각났다. 꽤 오래전 〈도전 지구탐험대〉라는 프로그램을 담당했을 때의 일이다. 스튜디오 녹화를 앞두고 엄홍길 씨와 함께 KBS의 구내식당에서 식사를 했다. 그때 엄홍길 씨는 자신의 식판에 음식을 산처럼 수북이 담았는데 내겐 그것이 상당히 인상적이었다. 나는 그에게 평소에도 이렇게 식사를 많이 하느냐고 물었다.

"우리 같은 산악인에겐 내일이 또 있을지 알 수 없습니다. 언제 어떻게 될지 모르니 먹을 수 있을 때 최대한 많이 먹어 두는 겁니다."

누가 내일을 보았던가?

_페르시아 격언

나는 평소 아들에게 산과 시험 앞에서는 겸손해야 한다고 말하곤 했다. 특히 내리막길에서는. 그런데 정작 내가 산에서 한순간 방심했다가 큰코다치는 일이 벌어졌다. 산길을 걷다가 오른쪽 다리가 부러진 것이다. 그것도 히말라야가 아닌 서울의 아차산에서 "아차" 하는 순간에.

히말라야 트레킹을 마치고 돌아온 지 반년이 조금 더 지나서였다. 그날 김 선배와 나는 가볍게 몸이나 풀자면서 아차산 둘레길을 걷고 있었다.

"길이 매우 미끄럽습니다. 조심해서 내려오세요."

앞서가던 김 선배의 말이 채 끝나기도 전에 나는 그만 미끄러지고 말았다. 경사도 그리 심하지 않은 내리막길이었는데 바닥에 굵은 흙이 많은 게 원인이었다. 넘어지는 순간 발목에서 "뚝" 소리가 났다. 예감이 불길했다.

잠시 후 구리소방서 119 구조대원들이 산으로 올라왔다. 나는 들

275

것에 실려 신속하게 아차산 보루로 옮겨졌다. 헬기가 도착했다. 나는 즉시 헬기에 실려 병원으로 후송됐다. 엑스레이 촬영 결과 발목 뼈 세 곳이 부러지는 골절상이었다. 나이 육십 넘은 사람의 뼈는 그야말로 바싹 마른 나뭇가지 같다는 생각이 들었다.

수술 후 꼬박 6주를 침대에 누워 있어야 했다. 허벅지 살은 쏙 빠졌고 뱃살은 늘었다. 어쩌다 그날의 사고 순간이 떠오를 때면 방심했던 것이 너무나 부끄럽고 한편으론 화가 나기도 했다. 다른 한편으론 문득 이런 생각이 들었다.

'그때 히말라야를 갔다 오길 잘했네. 처음엔 가기 싫어서 별의별 핑계를 다 댔는데.'

앞으로는 그런 높은 곳에 올라갈 수 없을지도 모르기 때문이었다. 내 발은 아직도 온전치 못하고 또 몇 달 후엔 핀 제거 수술을 받아야 한다. 지금 당장 평지를 걷는 데는 아무 이상이 없지만 높은 산도 문제없이 걸을 수 있을지는 아직 알 수가 없다.

그리스 신화에 나오는 기회의 신 카이로스Kairos는 앞머리는 무성하나 뒷머리는 대머리라고 한다. 앞에서 봤을 때는 잡기 쉬우나 한번 지나치고 나면 잡기 어렵다는 얘기다. 기회는 왔을 때 잡아야 한다.

30여 년 전, 프랑스 연수 기회가 주어졌을 때 나는 한동안 바보처

골절된 오른쪽 발목에 부목을 대어 응급처치를 한 후
헬기에 실려 병원으로 후송됐다.

럼 망설였다. 입사한 지 갓 1년을 넘겼던 때라 선배들 눈치가 보여서였다. 같은 팀에 있던 선배 PD가 자기 밑에서 1년만 더 일한 후에 가라며 붙잡았다. 한편으로는 해결해야 할 집안 문제도 있었다. 그때 아내는 단호하게 말했다.

"1년 후에도 이런 기회가 다시 올 거라고 누가 장담할 수 있어요?"

듣고 보니 맞는 말이었다. 아내 말을 따르기로 했다. 살아 보니 기회는 생각처럼 자주 오는 게 아니었다. 주식에서도 어느 정도 수익이 나면 그것을 실현하는 게 중요하고, 게임이나 도박에서도 기회가 왔을 때는 그것을 놓치지 않아야 승기를 잡을 수 있다. 대부분의 인생사가 그랬다.

소탐대실小貪大失. 눈앞의 작은 이익을 챙기느라 급급하다 보면 미래의 큰 것을 놓칠 수도 있다. 이건 젊은이들이 새겨 두어야 할 말이다. 다만 나이 든 사람의 경우에는 좀 다르지 않을까 싶다. 왜 화장실도 나이 든 사람은 갈 수 있을 때 가 두어야 한다고 하지 않던가. 젊은이들이야 가고 싶을 때 가면 되지만.

김 선배가 히말라야 트레킹을 하자고 했을 때 처음엔 망설였지만 결국 따라나섰던 건 결과적으로 잘한 일이었다는 생각이 든다. "살까 말까 고민될 때는 사지 말고, 갈까 말까 망설여질 때는 가라"고 하는 말이 있는 것처럼.

나이가 들수록 불확실한 미래를 위해 현재의 행복을 뒤로 미루는 건 어리석은 일인 듯하다. 자칫 오늘이 주는 즐거움을 아예 누리지 못하게 될 수도 있기 때문이다. 인생은 한 번뿐이다.

꺾어야 할 꽃은 빨리 꺾는 것이 좋다.
몸이 꺾이기 전에.

_오마르 하이얌

2019년 11월

임대배

책을 짊어진 당나귀 히말라야를 걷다

초판 1쇄 인쇄 2019년 11월 5일
초판 1쇄 발행 2019년 11월 10일

지은이 임대배

펴낸이 김연홍
펴낸곳 아라크네

출판등록 1999년 10월 12일 제2-2945호
주소 서울시 마포구 성미산로 187 아라크네빌딩 5층(연남동)
전화 02-334-3887   **팩스** 02-334-2068

ISBN 979-11-5774-651-4 03810